講談社文庫

イーハトーブの幽霊

内田康夫

講談社

目次

イーハトーブの幽霊

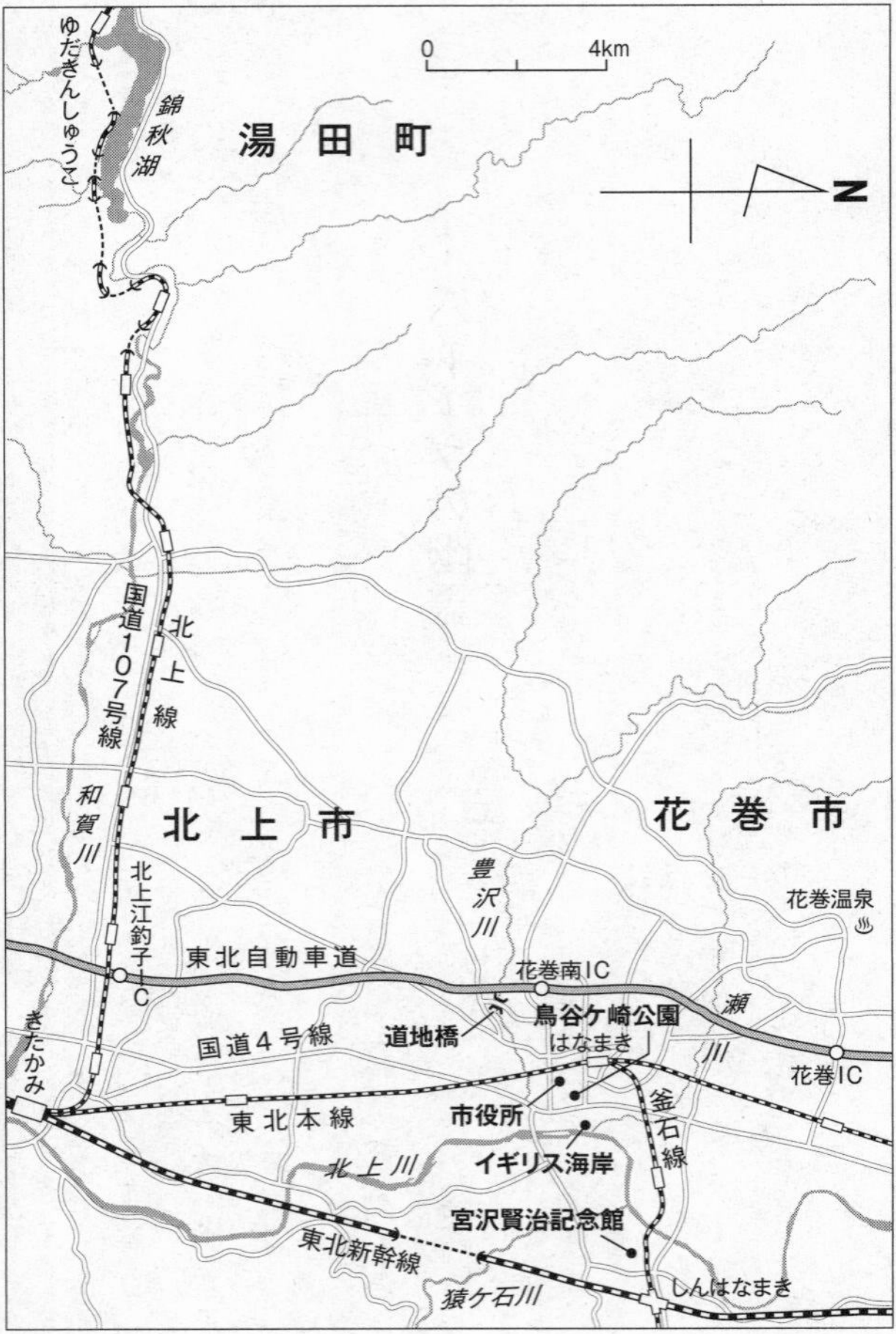

0
4km
N
ゆだきんしゅうこ
錦秋湖
湯田町
国道107号線
北上線
和賀川
北上市
花巻市
豊沢川
花巻温泉
北上江釣子IC
東北自動車道
花巻南IC
きたかみ
鳥谷ケ崎公園
道地橋
国道4号線
はなまき
瀬川
花巻IC
市役所
東北本線
釜石線
イギリス海岸
北上川
宮沢賢治記念館
東北新幹線
猿ケ石川
しんはなまき

プロローグ

午後九時近くまで、〔ベイシー〕の客はその男一人だった。四十代なかばぐらいだろうか。どちらかというと小柄で、顔も体型も贅肉《ぜいにく》を削《そ》ぎ落とした、少し貧相に見えるほどの細身だ。黒いサマージャケット。ノーネクタイで、ダークグリーンのワイシャツに、チャコールグレーのズボン。いかにも古いジャズが好きそうな雰囲気の持ち主だ。

笠野はビールの大ビンとグラス、それにつまみのピーナッツをテーブルに置くと、あとは勝手にやってくれとばかりに、自分のテーブルに戻って、書きかけの原稿用紙に向かった。もっとも、いくら商売に不熱心とはいえ、店に客が来ているときはそれなりに気にかかる。万年筆を手にしたが、文章の先が浮かばないので、諦《あきら》めて煙草に火をつけた。

スピーカーからは店の名前の由来でもあるカウント・ベイシーの「ローズランド・シャッフル」が流れている。客の男は曲に合わせるように、目をつぶり、唇を半開きにして、首を左右にスイングさせている。

見かけたことのない男であった。〔ベイシー〕の客は常連か一見《いちげん》の客かのどちらかである。一度で懲《こ》りて来なくなるか、でなければ麻薬に取りつかれたように、しげしげとやって来るか。この店の魅力――というより、ジャズってやつは、もともとそういうものかもしれない。この客はどっぷりジャズに浸かったような顔をしている。それでいて馴染《なじ》みでないとなると、地元の人間ではなさそうだ。〔ベイシー〕には時折、とんでもない遠いところからの客が訪れる。常連と一緒のこともあるし、噂を聞いて、旅の途中、フラッと寄ってみたというのもあるらしい。そういう人種なのだろうか。

男が口をきいたのは、店に入って、しばらく値踏みするように、あたりの様子を眺めまわしてから、隅のほうのテーブルを選んで座り、「ビール」と言ったときだけだ。この店同様、無愛想な客である。

笠野も客の世話を焼くのは苦手だし、原稿書きを頼まれているときなど、客が来なければいいとさえ思う。かといって店を閉めるのは信義にもとるような気がするから、夕方になると、なんとなく店にやって来て、ドアに「OPEN」の札を掛ける。しかし客は来ないほうがいい。ガランとした薄暗がりの中、カウント・ベイシーを聴き、原稿用紙に向かいながら、グラスを傾けるのが、笠野の至福の時であった。

原稿といっても、ジャズの専門誌とか、物好きな雑誌から頼まれる短いエッセイ程度だが、お世辞半分にしても、笠野の書くものは評判がいいのだそうだ。笠野自身、書くことが嫌いではなかった。

十年前に東京を引き上げるまでは、笠野は広告会社でコピーライターをやっていた。そこそこの給料を貰い、仕事を通じてけっこうタレントなんかとの付き合いもあって、面白おかしくやっているぶんにはよかったが、所詮は長くつづけられる職業ではなかった。三十代のなかばを超えるころから、自分でもそれと分かるほどコピーに冴えが無くなった。発想自体、きらめきを失った。

創造のメカニズムというのは、あれはどういう仕組みになっているのだろう。かつては、クライアントからテーマを与えられた瞬間、頭の中でパッと閃《ひらめ》くようにアイデアが浮かんだのが、ある時、その自慢の思考力がまったく機能しなかった。まるで曇ったガラスのように何も見えてこないのだ。昨夜の飲み過ぎのせいかと思ったが、それから数日間、そういう状態がつづいた。その仕事に関してはなんとか恰好をつけて、プレゼンテーションを通したが、クライアントの担当者は不満そうだった。

その直後、ずっと後輩のクリエーターの卵のようなやつに書かせたコピーを見て、ショックを受けた。まだかなり粗《あら》削りだが、自分の中のどこを探しても見つかりそうにない「口調」がキラッと光っていた。

笠野はズキンと胸が痛んだ。一応、「こんなんじゃ、世間さまには通用しねえよ」と貶《けな》したが、その時代遅れの「世間さま」に自分がなりつつあるのを感じた。

技術や能力はある程度、蓄積できるが、感覚や感性にはトレーニングではどうにもならない部分がある。生まれ育った環境や時代のせいばかりでなく、天性の何かがはたらくのだろう。その天性備わったものが、時代の流れに追い越される瞬間が、誰にも必ず訪れるものかもしれない。

昔の作家たち――とくに若くして文壇に名を馳《は》せた、天才といわれるような人々――正岡子規、尾崎紅葉、国木田独歩、長塚節《たかし》、芥川龍之介、宮沢賢治、太宰治などは、いずれも三十代で死んでいる。病死もあるが自殺の多いことに驚かされる。死の原因や動機に、才能の枯渇《こかつ》や行き詰まりに対する恐怖と自己嫌悪のようなものがあったのではないか――たとえかたちは病死であっても、彼が生の意義を失った時点で、天も見放したにちがいない――などと、笠野はずっと前から思っていた。

自分にもその「季節」がやってきたことを、笠野は悟った。

(おれも彼らと同じ歳だ――)

そう思ったときから、笠野は仕事に張りを失った。それでも二、三年は惰性のように、その場凌《しの》ぎでお茶を濁してきた。好きなジャズを聴かせる店で、なかば酒びたりのような日々を送ったりしてみた。女に溺れる真似をしてみようと試みもした。笠野は結婚も早かったが離婚も早かった。女の言いなりに、くっつき、離れたようなものだった。それ以来独り身を通している。何をしようと文句を言う人間はいない。自堕落な生活から、何か新しい才能が掘り起こせるかもしれない——という期待もあった。

事実、酔いの中ですばらしいフレーズを思いついたこともある。バーの女を相手に「おれは天才だろう」などと、押しつけがましく言った。しかし、翌朝になって、二日酔いの頭で思い出したフレーズは、いかにも陳腐で使い古したものであることに気づいた。

四十を前にして、管理職の内示が出されたとき、笠野は会社を辞めた。辞表を出すと、人事部長が驚いて飛んできて、「どうしたんだ？　気に入らないことでもあるのか？」と訊いた。理由を訊かれても、答えようがなかった。差し当たり仕事内容が変化するわけではなく、とりあえず役職名がつき、給料もアップするだけのことなのだ。会社側にしてみれば、それで何が不足か——という気持ちがあっただろう。

「どこか、引き抜きか？」とも言われた。ヘッドハンティングかと疑ったらしい。

「いや、田舎に帰って、べつの商売でもやろうかと思ってます」

ほんの思いつきで、そう言った。

「田舎って、岩手県か」

「ええ、一関《いちのせき》です」

言いながら、ふいに一関の風景が脳裏に蘇《よみがえ》った。とたんに、矢も楯《たて》もたまらなく、郷里に帰りたくなった。あれほど嫌って出てきた田舎臭い街や、蛇行してむやみに洪水ばかり起こす北上川《きたかみ》や、頭が丸く、特徴に乏しい山々が懐かしくなった。

「帰りなんいざ、か……」

人事部長は心底、羨《うらや》ましそうに「いいよなあ、帰る田舎のある者は」と言って、辞表をポケットに仕舞った。

人事部長に「べつの商売」と言った時点で、笠野にはひとつのイメージがあった。実家が持て余している蔵を改造して、スナックかパブをやろうと思った。本物のジャズばかりを聴かせる店で、気の合う客だけが来ればいいような、呑気《のんき》な経営方針でいこう——と思った。

一関に帰ると、その夢はすぐに実行に移された。蔵は粗末だが、頑丈なのが取り柄だ。煉瓦《れんが》むき出しの壁も、らしくていい。音響システムは自宅で使っていたものでほぼ間に合った。レコードもこれまでに蒐集《しゅうしゅう》したのがおよそ三千枚ほどある。CDはいかにも光学的な音で嫌いだ。

退職金をはたいて、ピアノとドラムセットも入れた。アーチストを招いて、ミニコンサートもひらける。こうして、典型的な田舎町・岩手県一関市に本格的なジャズ喫茶の店が生まれた。

　そして、客は入らなかった。

　開店当初は、高校時代の仲間が何人か、お義理でやって来てくれたが、たいていは一度で懲りた。

「ジャズばっかしっていうのはどうもなあ。せめて、アリスとかよ、ユーミンとかよ、そういうのならいいんでねえか」

　欠伸《あくび》を嚙み殺すような顔で言った。

「もう、おまえら、来るな」

　笠野はアヒルでも追い立てるように、彼らを店から締め出した。カラオケ屋と勘違いしているような、ジャズの分からない連中は来なくてもいいと決めた。決めたのはいいが、その希望どおり、誰も来なくなった。

　一関の人口は約六万。そのうちの何人がジャズファンか、何人が物好きに、あやしげな店に来てくれるものか――ちょっと考えれば悲観的にならざるをえない。広告会社に長いこと勤めていたくせに、マーケティング理論をまったく無視していたのだから、われながら笑えてしまう。さいわい、建物だけは自前なのと、従業員を使っていないので、経費がほとんどかからないことが救いであった。

　しかし、そんな店にもポツリポツリと客はあるものだ。前述したようなマニアックなジャズファンが、月に一、二度から週に二度三度と足しげく通うようになった。地元新聞が面白がってコラムにも載せた。いまどき、こんな風変わりな店は日本中どこを探したってないのだから、話題性はたしかにある。近くに公演に来たアーチストが、噂を聞いてブラッと立ち寄り、興に乗ってピアノを叩いてくれたりもした。東京時代に知り合った、Mというけっこう売れっ子の小説家が、すっかり気に入って、仲間を連れて来ることもあった。あげくのはて、市の観光案内のパンフレットでも「一流ジャズプレーヤーの生演奏が聴ける店」と紹介されるほどの名所に昇格した。

といっても、お客の絶対量は限られたものである。相変わらず閑古鳥《かんこどり》の鳴いている日が多く、笠野の「至福の時」は有り余るほど長い。

*

原稿書きに熱中していて、レコードが終わったのにしばらく気がつかなかった。

「音がないと、寂しいね」

客がふいに言った。いくぶん皮肉が込められた口調だ。

「あ、いけね、すんません」

笠野はいたずらを見つかった子どものように、慌《あわ》てて立ち上がった。ホレス・シルバーのアルバムをターンテーブルに載せてテーブルに戻ると、客の男が佇《たたず》んで、原稿を覗き込んでいた。

「困るなあ、勝手に見てもらっちゃ」

笠野は文句を言ったが、客は平然として動こうとしない。

「物書きもするんかね」

「いや、くだらない雑文ですよ」

「そんなことはない、面白そうだ」

途中の一枚だけ読んで、面白そうもないだろう――と笠野は思った。

「お客さんもこれですか」

ペンを持つ手の恰好をしてみせた。

「ああ、いや……」

客はどっちつかずの返事をして、気まずそうに顔をそむけ、テーブルに戻った。

それからしばらく、レコードの音と笠野が吸う煙草の煙だけが薄暗い店内に充満した。客はビールのお代わりをするでもなく、煙草を吸うでもなく、腕組みをしてジャズに聴き入っている様子だ。

(どこの者かな?――)

客の個人的なことにはあまり関心を抱かない主義の笠野だが、男の素性《すじよう》が気になった。ほんの二言三言、交わしただけだが、言葉つきからいうと、やはり地元の人間ではなさそうだ。さりとて、かすかな訛《なま》りもあって、純粋な東京弁とは違うような印象を受けた。荷物を持っていないところを見ると、通りすがりの旅行者ではないらしい。どこかに宿を取って、散策している途中、たまたまここに寄ったのかもしれない。

レコードが終わったのを汐《しお》に、笠野は声をかけてみた。

「何かリクエストはありますか」

「できたら、マイルス・デイビスをやってもらいたいな」

言われたとおり、マイルス・デイビスの古いアルバムをかけて、そのついでのように客のテーブルに行って、ビールの空きビンを撤去しようと思ったら、まだ中身が半分近く入っていた。

「あまり飲まないんですね」

グラスに注ぎたしてやりながら言った。

「ああ、今夜はね」

「今夜は……というと、ふだんは飲むんですか」

「まあね」

「だったらビールでなく、コーヒーでも出しましょうか?」

「ふーん、コーヒーもあるのか」

「そりゃ、一応、ジャズ喫茶ですからね。コーヒー、飲みますか？」

「いや、これでいい」

客はグラスを目の上まで捧げてから、お義理のように、ゴクリと喉を鳴らしてひと口だけ飲んで、「ジャズが聴きたかっただけだ」と言った。

「だいぶ好きそうですね」

「ああ、古いのがね」

「ここのひとじゃないでしょう。どちらから見えたんですか？」

「東京……かな」

「ははは、『かな』は変だな。どこなんです？」

「いいじゃないか、どこでも」

客はうるさそうに首を振り、「注文の多い喫茶店だな」とニヤリと笑った。むろん、宮沢賢治の『注文の多い料理店』をもじって言っている。そういうジョークがとっさに出るくらいだから、賢治のことに詳しいにちがいない。

「うちは客を食ったりしませんよ」

笠野もジョークで返した。『注文の多い料理店』は、道に迷ったハンターが、森の中でみつけた料理店に入り、店の扉に貼られた指示どおりに鉄砲を捨て、上着を脱ぎ

――最後には店主の山猫に食われることに気づく――という物語だ。

「ふん」と客は鼻先で笑って、「おれは賢治は嫌いだ」と言った。

「岩手では、賢治の悪口は言わないほうがいいんじゃないですか」

「そうかな、岩手県人は全員が賢治のファンてわけでもないだろう」

「そりゃそうですが、一応、地元のヒーローですからね。言われたほうは気分がよくないでしょう」

「あんたもそうかい」

「私は……まあ、そうですね」

「おれは違う」

客は立ち上がって、「勘定」と言った。

第一章　イギリス海岸にて

1

浅見に「花巻祭り《はなまき》」の取材を命じたのは、『旅と歴史』の藤田編集長である。「なんだかよく知らないが、面白いみたいだ」という無責任な言いぐさだった。花巻祭りのほうはともかく、浅見は宮沢賢治に関心があったから、二つ返事で引き受けた。花巻祭りの取材にひっかけて、宮沢賢治をテーマにした旅のガイドをまとめてみるつもりだ。

浅見がはじめて宮沢賢治を知ったのは、たぶん小学校の国語の教科書にあった賢治の詩『雨ニモマケズ』である。

雨ニモマケズ
風ニモマケズ
雪ニモ夏ノ暑サニモマケヌ
丈夫ナカラダヲモチ

で始まるこの詩の冒頭部分を知らない日本人は数少ないことだろう。もっとも、この詩は賢治自身に発表する気があったかどうかは不明で、彼のメモ帳になぐり書きのようにして書かれたものが、死後、発見された。詩のつづきは次のようなものである。

欲ハナク
決シテ瞋《イカ》ラズ
イツモシヅカニワラッテイル
一日ニ玄米四合ト
味噌ト少シノ野菜ヲタベ
アラユルコトヲ
ジブンヲカンジョウニ入レズニ
ヨクミキキシワカリ
ソシテワスレズ
野原ノ松ノ林ノ蔭ノ
小サナ萓ブキノ小屋ニヰテ
東ニ病気ノ子供アレバ

行ッテ看病シテヤリ
西ニツカレタ母アレバ
行ッテソノ稲ノ束ヲ負ヒ
南ニ死ニサウナ人アレバ
行ッテコハガラナクテモイイトイヒ
北ニケンクワヤソショウガアレバ
ツマラナイカラヤメロトイヒ
ヒデリノトキハナミダヲナガシ
サムサノナツハオロオロアルキ
ミンナニデクノボートヨバレ
ホメラレモセズ
クニモサレズ
サウイフモノニ
ワタシハナリタイ

以上が『雨ニモマケズ』の全文である。この中で浅見は、「アラユルコトヲ　ジブンヲカンジョウニ入レズニ」という部分と、「ミンナニデクノボートヨバレ」という部分が、なんとなく身につまされるような気がしてならない。

宮沢賢治は敬虔《けいけん》な法華経の信者であった。そういう人が書いた詩に描かれた、悟りすましたような境地には到底なれっこないが、その二つの部分だけは、いますぐにでも資格が取れそうだ。

岩手県花巻市周辺は、いたるところに宮沢賢治の足跡が刻まれている。そもそも、賢治が生まれたのが現在の花巻市豊沢町《とよさわちよう》である。西の奥羽山脈から流れ出た豊沢川が、北上川に注ぎ込む岸辺近いところで、いまでこそ市街地の南端で建物も密集しているが、賢治の幼少年時代は宿場町のような低い家並みの裏手は、川辺の木々も茂り、まだ鄙《ひな》びた里の面影があったにちがいない。

宮沢賢治は後にこの地を「イーハトーブ」と名付けた。イーハトーブについて賢治は、『注文の多い料理店』の宣伝文で「これは著者の心象中に、この様な状景をもって実在したドリームランドとしての日本岩手県である」と述べているが、イーハトーブとは「岩手＝いはて」の内陸部である花巻周辺のことを指すのではないかというのが、現在の定説といっていい。

宮沢賢治は、この世に誕生するのが半世紀早すぎた文学者だと浅見は思っている。賢治の『銀河鉄道の夜』など、アニメになっても、まるで現代に作られたような新鮮さがある。「イーハトーブ」「シグナルとシグナレス」「ペンネンネンネン・ネネムの伝記」といった、賢治独特の片仮名のネーミングやエスペラント語ふうの新造語の多さは、とてもそれが大正時代に生まれた作品とは思えない。

賢治の膨大な作品の中で、生前にコマーシャルベースで出版・刊行されたのはわずかに二作品だけだったそうだが、まさにそれは、宮沢賢治が当時の社会に受け入れられない異端の存在であったことを物語る。

『毒もみのすきな署長さん』の冒頭に、次のような文章がある。


四つのつめたい谷川が、カラコン山の氷河から出て、ごうごう白い泡をはいて、プハラの国にはいるのでした。四つの川はプハラの町で集って一つの大きなしづかな川になりました。


ここに出てくる「四つの川」とは、花巻市付近で合流する北上川、猿ケ石川、瀬川、豊沢川を意味し、プハラの町とは花巻のことであると考えることができる。中でも豊沢川は生家に近いだけに、賢治は幼いころから馴れ親しんだことだろう。花巻に来てから二日間、浅見は豊沢川や周辺の風景をカメラに収めて歩いた。

豊沢川はかつて、しばしば洪水を起こして花巻の住民を苦しめた。『毒もみのすきな署長さん』で、賢治は次のように書いている。

その川はふだんは水もすきとほり、淵《ふち》には雲や樹の影もうつるのでしたが、一ぺん洪水になると、幅十町もある楊《ヤナギ》の生えた広い河原が、恐ろしく咆《ほ》える水で、いっぱいになってしまったのです。

大人社会にとっては手におえない川も、子どもたちには恰好の遊び場であった。賢治の作品の中でもっとも有名な『風の又三郎』にも、豊沢川での水遊び風景が出てくる。場所は主に、豊沢町より少し上流の「中根子《なかねこ》」というところに架かる「道地橋《どうじばし》」付近だったようだ。橋の下流に「さいかち淵」とよばれる淵があって、そこでよく「毒もみ」をやったという。

毒もみというのは、山椒《さんしょう》の皮をすりつぶしたものを川に流し、魚が失神して浮かんでくるのを獲《と》る遊びである。一種の密漁として禁止されているのだが、まあ、子どもの遊び程度なら見逃されていたのだろう。本格的な密漁は「タンパン」という化学物質を溶かして流す方法がある。これは完全な劇薬だから、かなり広範囲にわたって川の生物が死ぬ。荒っぽいのは、淵にダイナマイトをぶち込む「発破《はっぱ》」というのもある。戦後間もないころ、各地でその手の密漁があったそうだ。

賢治は『風の又三郎』の原型である『さいかち淵』という小品でこう書いている。

さいかち淵なら、ほんたうにおもしろい。しゅっこだって毎日行く。しゅっこは、舜一なんだけれども、みんなはいつでもしゅっこといふ。さういはれても、しゅっこは少しも怒らない。だからみんなは、いつでもしゅっこしゅっこといふ。ぼくは、しゅっことは、いちばん仲がいい。けふもいっしょに、出かけて行った。
ぼくらが、さいかち淵で泳いでゐると、発破をかける大人も来るからおもしろい。今日のひるまもやって来た。

それ以外の作品でも、賢治は折にふれて豊沢川やさいかち淵のことを描いていて、それを読むと、往時の子どもたちの生態が、手にとるように思い浮かぶ。

現在の豊沢川は近くに工場ができたり、護岸工事など開発や整備が進み、昔の面影を求めるすべもないが、岸辺に佇み、細い雲の流れる空を見上げると、それと同じ空の下で、川遊びに興じた賢治たち、里の子どものさんざめきが聞こえてきそうな気がする。

浅見は宮沢賢治を天才だと思い、賢治の作品の鮮烈さには文句なく脱帽する。しかし、宮沢賢治の作品が好きかと訊かれて、素直に「うん」と答えられるかどうか分からない。それは、賢治の作品にほぼ共通する、やりきれないほど暗い雰囲気に起因している。

童話とは元来、そういう性質のものなのかもしれない。たとえばグリム童話などは、ずいぶん薄気味の悪いものが多い。日本のおとぎばなしにしても『カチカチ山』など、おばあさんが殺されて「タヌキ汁」にされてしまったり、タヌキが泥舟に乗せられて溺死したり――といったように、後味の悪いものが少なくない。

賢治の童話にも、『注文の多い料理店』のように、登場人物（動物）たちがたがいに騙《だま》したり騙されたり、殺したり殺されたり――というシチュエーションがゴロゴロ出てくる。『毒もみのすきな署長さん』の警察署長は、最後には死刑にされるのだが、最期のときに笑って、「地獄で毒もみをやるかな」とうそぶくのである。天才・宮沢賢治の哲学や諦念《ていねん》に裏打ちされた諷刺《ふうし》なのかもしれないが、その背景に賢治特有のシニカルな冷笑が見えるような気がしてならない。イメージがいかにも陰惨で、読んだ後、浅見はいつも決まって、暗く惨めな気分になるのだった。

宮沢賢治が天才であったのは、まぎれもない事実といっていいだろう。しかし彼の作品が社会に受け入れられなかったのは、感覚的に時代に早すぎる登場だったことばかりでなく、作品のどうしようもない陰鬱さによるものではなかったろうか。

賢治にしてみれば、自分のすぐれた作品が世に認められないことに、苛立《いらだ》ちと疎外感と、そして賢治にとってはわれながらいわれのないコンプレックスをさえ抱いたのではないだろうか。そのコンプレックスは屈折して、他人に対する高慢に形を変え、作品に投影されているような気がする。山猫の料理人のワナにひっかかったハンターや死刑になった署長さんの末路を、賢治のように冷ややかな笑みを浮かべて見送るなんて、臆病な浅見にはとてもできない。

『さいかち淵』の「しゅっこ」が、「しゅっこしゅっこ」とはやされても怒らないと書いているけれど、ほんとうに「しゅっこ」は怒らなかったのだろうか。これは形はどうであれ、イジメの一つのパターンであることに変わりはない。「しゅっこ」はほんとうは悔しくて、しかし笑いながら、じっと耐えていたのではないか——と思えてならない。

子どものころ、仲間たち大勢にからかわれたり、はやし立てられたりする惨めさ、悲しさを、もしかすると賢治は味わったことがないのかもしれない。秀才で、いつも指導的立場にいた賢治には、そういう落ちこぼれの子どもの気持ちが忖度《そんたく》できたかどうか疑わしい。登場する人びとの愚行や失敗を、いつも高みから見下ろすように描いた作品が多いのはそのせいなのだろうか。

花巻の街を歩き、近郊で行き合う人びとから話を聞いているうちに、この土地の人たちの、のどかで陽気な気風が、賢治のそれとはおよそかけ離れているように思えてならなかった。賢治はそういう「イーハトーブ」を愛していながら、本質的にはその人びとの上に君臨することはあっても、ついに寛容にはなれず、その悔恨と反省が『雨ニモマケズ』を書かせたようにも思えるのだ。

それはそれとして、宮沢賢治の足跡を訪ねる「旅」は、東京生まれの浅見にはありもしない、ふるさとへの旅のような懐かしさを、心に芽生えさせた。

花巻に来て三日目に、浅見は市の観光課を訪ねた。藤田編集長に依頼された本来の花巻祭りの取材に、ようやくとりかかったというわけである。

観光課は祭りの準備で大忙しの最中だったが、取材にはきわめて協力的であった。担当の梅本という男が『旅と歴史』の愛読者だったことが幸いした。過去に浅見が書いた記事や文章もけっこう読んでいてくれた。

梅本は花巻祭りの資料や文献をいろいろ出して、祭りを彩る「風流山車《だし》」の取材先も紹介してくれるという。さらにそのあと、「いい物をお見せしましょう」と、浅見を外に連れだした。

市役所の建物を出て東のほうへ行く。

「この辺りは城跡《しろあと》だったところですよ」

梅本が歩きながら説明した。「あれが有名な時の鐘です」と、いかにも古そうな鐘《しょう》楼《ろう》を指さした。「有名」にもかかわらず、浅見は知らなかったが、「あれがそうですか」と、知ったかぶりで応えた。詳しいことはあとで調べればいいのだ。

城跡の一角で工事をやっているらしい。柵で囲った内側の赤茶けた地面のあちこちに穴が開いて、なんだか古代遺跡の発掘調査現場のようだ。浅見がそう言うと、梅本は「さすがですねえ」と感心した。

「ここには市の第二庁舎が建築されることになっているのですが、整地作業に入ろうとしたとたん、遺跡が出ましてね。いま工事がストップしているのです」

そういえば作業員の姿はなかった。しかし、柵の中に二人の男が佇んで、何か声高に話している。いずれも眼鏡をかけた、中年の紳士風だが、暑い日差しの下で、汗を拭《ぬぐ》おうともせず、議論に熱中している様子だ。片方の太めの紳士が、「ここまで進めたのだから、いまさら……」と言いかけて梅本に気づいて、言葉を止めた。

二人の脇を通り過ぎながら、梅本は「どうもご苦労さまです」と挨拶した。

「あ、梅本君」

背を向けていたほうの紳士が振り向いて呼び止めた。梅本は「はい」と足を停めたが、あまり関わりになりたくない顔つきだ。

「どうなんだ、観光課の考えはまとまっているのかね」

「さあ、私にはよく分かりません。課長にお訊きになってみてください」

梅本は体《てい》よく質問を逸《そ》らして、「失礼します」と頭を下げ、その場を脱出した。

「教育委員の先生ですよ」

かなり離れてから、浅見に囁《ささや》いた。

「遺跡を保存すべきだという意見が出て、市としては対応に困っているのです」

「何の遺跡なんですか？」

「むかしの鳥谷ケ崎《とやがさき》城です。前九年後三年の役《えき》の当時のものだというんですが、これを残すとなると、建築計画は根本的にパアになります」

「ああ、よくあることですねえ」

「そうなんですが、だいたいここはもともと城跡であることが分かっていながら、戦後のどさくさの時に、大半が民間に払い下げられましてね、いまはご覧のとおり、公共的な施設ばかりでなく、住宅地や工場用地になってしまっているのです。たまたまここの部分には建物が建っていなかったので、今回、第二庁舎建設を決めたのですが、工事が始まってすぐ、はからずも史跡が出てしまったというわけです」

市役所の職員としては、市の業務が進捗《しんちょく》しないことに、当惑ぎみらしい。

梅本は「ここです」と言って、目の前の倉庫のような建物に近寄った。頑丈そうだが、いやに細長い異様な建物だ。

「何ですか、これは？」

浅見が訊いたが、梅本は「まあ、見ていてください」と思わせぶりな笑い方をする。

建物の左側の壁に埋め込みになっているスイッチボックスを押すと、正面のシャッターが上がりだした。シャッターの裾から、山車の底部が見えてきた。車輪の軸の長さが三メートルはあろうかという、ずいぶん巨大なものだ。

「これが花巻祭り本来の屋形山車なのです。高さは十三メートルあります」

梅本は得意そうに説明した。

「すごいものですねえ。しかし、これが街を行くとなると、たいへんでしょう」

「ははは、まさか、いまはこんなのは引っ張れませんよ。これはむかしの設計図や写真をもとに、市が二千万円をかけて作ったもので、あくまでも展示用です。このレールの上を引き出して祭り期間中、展示するのです」

なるほど、倉庫の中から外の敷地にレールが敷かれていて、山車の車輪はそのレールの上に乗っているのであった。梅本は大サービスで山車を倉庫の前に引き出してくれた。陽光を浴びてそそり立つ山車の全容をカメラに収めるために、浅見は敷地をハミ出し、道路の反対側まで後退して夢中でシャッターを切った。

屋形山車は望外の収穫だった。藤田編集長もこんなすごいものが花巻にあるとは思っていないにちがいない。浅見は意気揚々、ホテルに帰った。

2

郡池《こおりいけ》が青い顔で戻ってきたのは、専念寺《せんねん》の子供囃子《ばやし》の練習が始まって、小太鼓の音がトウトウと響いてきて間もなくのことだ。出掛けてからほんの四、五十分ほどだろう。

ふだんは必ずチャイムを鳴らすのに、自分で玄関ドアの鍵を開けて入って、気がついたら居間に突っ立っていたから、侑城子《ゆきこ》はびっくりした。

「やだァ、おどかさないでよォ、幽霊かと思った」

なかば本気で、詰《なじ》るように言ったが、郡池は黙って、チラッと侑城子の顔に視線を送っただけで、部屋を出て行った。なんだか怯《おび》えたような目の色が気になった。

それからしばらくして、トイレの水を流す音が聞こえた。

(何かいやなことがあったんだわ——)

侑城子はそう思った。気にくわないことや不愉快なことがあると、郡池はトイレに籠《こ》もる。そういう性癖が夫にあるのを知ったのは、結婚して半年後のことだ。何か些細《ささい》な意見の違いが原因で、侑城子がはじめてきつく逆らったとき、郡池は驚いた目を妻に注いでから、席を立ってトイレに入った。それからかなり長いこと籠もっていて、出てきたときには、排便と一緒にこだわりも流してきたような、すっきりした顔になっていた。

ずっと後になって、郡池の母親にその話をすると、「子どものころからそうなのよ」と笑っていた。父親に叱られると、トイレに飛び込んで二、三十分も出てこなかったことがあるらしい。もっとも、その当時はまだ水洗の設備はなかったから、溜まった不愉快やストレスを「水に流す」ようなわけにはいかなかったのだろう。

「山車づくり、うまくいっているの?」

郡池の顔を見ないようにして、侑城子はなるべく素っ気ない口調で言った。「何かあったの?」などと訊くのは、夫の沽券《こけん》を傷つけることになる。いつもはこんなふうに、さり気ない会話を交わすところから、平常の生活に復元するのだ。

だが、今夜は違った。郡池は返事もしないで、コードレスの電話を摑《つか》むと奥の部屋へ向かった。どこかに聞かれたくない電話をするのか、それとも電話がかかってくるあてでもあるのだろうか。

(何なの?——)

侑城子は気になった。思ったとおり、まもなく呼び出し音が鳴った。侑城子は少し迷ってからテレビの音量を小さくして、廊下を奥のほうへ二歩三歩と行ってみた。盗み聞きなどしたことはないけれど、何となく放っておけない気分だった。

「……ほんとだって」

郡池のじれったそうな声が聞こえた。

「まただよ、間違いねえ……」

それから少し声をひそめて、聞き取りにくくなった。最後に「んだらな」と電話を切る気配がしたので、侑城子は慌《あわ》てて居間に戻った。

郡池は浮かない顔で現れて、電話をサイドボードの上に置くと、すぐに家を出て行った。侑城子が慌てて玄関まで追いかけて、「また高橋さんとこ、行くんでしょ?」と訊いたのにも、黙って頷《うなず》いただけだった。

双葉町《ふたばちょう》の山車づくりは高橋商会の裏の空き地に小屋を建て、その中で進行しつつある。山車は各町内競作、それぞれ秘策を練って製作される。双葉町の今年のテーマは「義経・弁慶の天狗退治」である。義経や弁慶が天狗退治をしたという話は聞いたことがないが、勇壮豪快で、山が崩れるような激しいもの——であれば何でもありなのだそうだ。高さが六、七メートル、長さと幅は大型トラックなみの大きなもので、材料費の実費だけで四百万円はかかる。

花巻祭りの山車は江戸時代からつづいている。原型は京都祇園《ぎおん》祭りの「祇園山鉾《やまぼこ》」を模したもので、明治時代には高さが十七メートルに及ぶ「屋形山車」もあったそうだ。明治の末期に電気が通ったために、高さ制限ができて、現在のような丈の低い

「風流山車」とよばれるものになったのだが、それでも、その規模の大きさと山車の数の多いことは、東北随一とうたわれる。

もっとも、その山車づくりにかける関係者のエネルギーはかなりのものだ。花巻祭りは毎年九月五日六日七日に行われるのだが、祭りが近づくと、花巻市内は異様な雰囲気で盛り上がる。花巻市十六ケ町が祭りの準備に目の色を変える。各町内の男という男は深夜まで小屋に入り浸り、酒を酌《く》み交わしながら山車の製作に勤《いそ》しむのである。男ばかりではない。女たちも夜食の差し入れや手伝いに駆り出されるし、子どもたちは「花巻囃子」の小太鼓合奏の練習に精を出す。

郡池も侑城子も生粋《きっすい》の花巻っ子だから、子どものころから祭りに親しんできた。子供囃子や山車引きに加わったのを皮切りに、女性は花巻囃子の踊り手に、男は樽神輿《たるみこし》かつぎから風流山車へと年齢に応じて役割分担が与えられる。力仕事や荒っぽいことは若い連中に任せるが、山車づくりのノウハウはある程度年季が必要だから、三十代なかばから四十代なかばのオジさんたちが主体になる。郡池はまさにその幹部クラスの一員であった。

九月五、六、七日の祭りまで、残り一週間を切った。山車づくりは今夜あたりがそろそろ追い込みのピークにかかるはずだ。それなのに、郡池のあの浮かない表情は何なのだろう？——と、侑城子は気にかかった。

晩飯のあと、子供囃子の稽古に行く愛と一緒に家を出て行くときには、いつもどおり、陽気な顔をしていたのに。仲間との意見の食い違いでもあって、揉《も》めたりしているのかしら。それとも――と、いろいろな想像が頭をかすめる。

もともと侑城子は物事にクヨクヨしない性格である。母親がよく「おまえは男に生まれればよかったんだ」と言っていたが、自分でもそう思い、気がひけるほど屈託することを知らず、野放図に活発で、たとえ不愉快なことがあってもすぐに忘れてしまえる体質の持ち主であった。学校へ行っているころは、いじけたような男の子を見ると、背中をどやしつけたくなる。だから、付き合う相手も結婚相手も、自分より活発で、少し粗暴なほど陽気な男を選ぶしかないというつもりでいたし、郡池はその理想(?)に近いタイプといってよかった。

郡池充は侑城子より三つ年上。町は違うが同じ花巻市内で育った。郡池は東京の大学、侑城子は仙台の短大を出て、地元に戻り、それぞれの家業を手伝っていて、青年会議所の寄り合いなどを通じて知り合い、やがて結婚した。郡池が二十六歳、侑城子が二十三歳のときである。

郡池の家は双葉町の目抜きでブティックを営んでいる。元は呉服の専門店だったが、郡池が大学を出たのをきっかけに、呉服店の隣に洋装店を開いた。呉服は斜陽――と見極めた郡池の発案によるもので、店の運営は郡池に任されることになった。

その後、郡池の予測どおり呉服では商売が成り立たなくなり、ブティックに比重が傾いて、いまではブティックの片隅に呉服コーナーがある――といった状況になった。

郡池は大学時代の仲間に輸入業者の息子がいたことから、パリの高級品を仕入れるルートにいちはやくコネをつけた。このあたりが郡池の目端《めはし》のきいたところといえる。口の悪い余所者《よそもの》ばかりでなく、地元の人間の中にも自嘲ぎみに「日本のチベット」などと言う者のあった岩手県の、それも花巻という、全国レベルではあまり知られていない小都市にしては珍しい、東京にもひけを取らないような高級で洒落た品揃えのブティックが誕生したのである。

「花巻」の地名の語源は、おそらくアイヌ語の「ハンキ」または「パナマキ」(川下に開けた土地の意)だといわれている。天正十九年、この地を鳥谷ケ崎《とやがさき》といったころ、南部藩が城を築いた。その城をはじめ鳥谷ケ崎城と呼んだが、後に城中に咲く桜のみごとさから「花巻城」と呼び、いつしか地名が花巻になったといわれる。

それにしても「パナマキ」に「花巻」という文字を当てはめたのは秀抜といっていいかもしれない。字面から受ける印象に、何となく粋《いき》筋の雰囲気がある。実際、その粋な名前から連想されるとおり、花巻の郊外には温泉が湧《わ》き、昭和初期の最盛期には芸者の数が百人近い歓楽郷だった。町村合併以前は「花巻町」だった、いわゆる旧市街の一見寂れたような町々にも、どことなくはなやいだ気配の名残《なごり》が漂っている。

花巻の成立起源は城下町だが、後になってこの地方の商業の中心地として発展してきた。城跡の一部は現在、鳥谷ケ崎公園となり、かつて城の敷地だったところには官公署や学校、病院、住宅などが立ち並ぶ。郡池の住まいもその中にある。城跡からつづく坂道を下る辺りから南側一帯が花巻の商業地区で、郡池の「ブティック・アイリス」のある双葉町も、山車づくりの高橋商会がある上町《かみちょう》も、その中心部といっていい。

典型的な地方都市である花巻の街は、午後八時を過ぎると、文字どおり火が消えたように寂しくなる。昼間は繁華な上町も、表通りの店はシャッターを下ろし、飲食店の一部がわずかに店を開けている程度だ。裏通りに入るといっそう暗く、専念寺へ行く路地などは提灯でも欲しいほどだった。

侑城子は高橋商会へ向かう途中、専念寺の小太鼓の練習風景を覗《のぞ》いた。花巻祭りのパレードで、各町の山車は子どもたちが小太鼓を合奏しながら先導して、街中を練り歩く。小太鼓演奏には小学校から中学の女生徒が中心で、二十人から三十人ほどが参加する。お稚児《ちご》姿の華やかな衣装に金色の烏帽子《えぼし》をいただき、白粉《おしろい》に口紅をさした、あどけない美女軍団の行進は、祭りを彩る華といえる。

侑城子もむろん、子どものころには毎年、小太鼓を叩いた。夏の夜の合同練習会が楽しみだったものである。小太鼓演奏の指導は専念寺の住職が代々受け継いでいる。

教えるほうも習うほうも、親子代々、子々孫々、伝えてゆくものなのだろう。

　専念寺の境内には子どもたちの母親が十人ほども来ていた。どれも馴染みの顔だから、ひとしきり挨拶を交わすのに忙しい。

　専念寺はそう大きくはないけれど、町内で練習場を探しても、ここに勝るところはどこにもない。広い本堂の床に座布団を敷き、正座した子どもたちが並ぶ。前の床に小太鼓を置き両手に撥《ばち》を持ち、「イーイヨオヨイーヨーナ、ヨイヨイヨイヨナ……」という住職の掛け声にリードされて交互に振り下ろす。

　愛は子どもたちのいちばん後ろで撥を振っていた。大柄ということもあり、仕草は際立って大人びて、頼もしく見える。愛はことし中学三年だから、来年はもう、小太鼓演奏には加わらないだろう。この夏が「子供時代」最後の祭りになるのかもしれない。侑城子のときもそうだった。そうして青春が過ぎ、おとなになって、結婚し、その子がまた祭りに加わるのである。愛の真剣そのもののような顔を眺めながら、その遠い日々のことを想って、侑城子は甘ずっぱい感傷がこみ上げてきた。

「愛ちゃんも、すっかりいい娘になったねえ」

　三軒隣の横山夫人が声をかけてきた。小太鼓の練習に来ている彼女の長女は小学校五年だが、長男はクラスが違うが愛と同学年である。

「なんだかなあ、体ばっかし大きいけど、まだ子どもだわ」

「そうでないよ。勉強もできるし、クラスのリーダー格だっていうし、男子のイジメグループも一目置いてるそうよ」

「なあにそれ、そしたら、うちの子は女番長みたいでないの」

侑城子は笑ったが、横山夫人は真面目な顔である。

「元雄の話だと、愛ちゃんのクラスはイジメがきつくて、先生も手を焼いていたんだけど、愛ちゃんが『やめれっ』て怒って、それで収まったんだって」

「ふーん、ほんとに？」

信じられない気持ちだ。愛は家ではむしろ、おとなしすぎるほど静かな子である。勉強はたしかによくするほうかもしれないけれど、授業参観のときなど、先生の質問に対していちども手を挙げるのを見たことがないし、積極性には欠けると思い込んでいた。成績通知表に「クラスのリーダーとして人望があります」などと書いてあっても、（ほんとかしら？——）と疑いが先に立った。

「ほんとよ、ほんと。それに較べると、うちの元雄なんか意気地がなくて、情けないくらいだわねえ」

「元雄ちゃん、イジメられてるの？」

「よく分からないんだけど、そうじゃないかなって……訊いても言わないからねえ」

「そうだってねえ、どこの学校でも言わないみたいだわね。告げ口すると、チクッたとか言って、またイジメの材料になるんだって。だけど、ちゃんと訊いてやったほうがいいんでないの。取り返しのつかないことになったりするし」

全国のあちこちで、イジメを苦に自殺した中学生が何人も出ている。小学生でもイジメはあるのだろうに、自殺するところまでいかないのは、深刻さの度合いが違うからか。思春期のいちばん難しい年頃の中学生は、思いつめ思いつめ、自ら逃げ場を失ってしまうのかもしれない。

「まさか、うちの子なんかは、そこまでいかないと思うけど」

横山夫人は憂鬱そうに吐息をついて、肩をすくめた。

「私らのころもイジメはあったのかしら」

侑城子は爪先立って愛の撥さばきを見ながら、言った。

「あったんでないの。ただ、いまみたいに陰湿なイジメではなかったかもしれないけど。いまはひどいらしいわね。お金を巻き上げたり、みんなで寄ってたかってパンツ下ろしたり」

「えっ、元雄ちゃん、そんなことまでされたの？」

驚いて振り返ると、横山夫人は大げさに首と手を横に振った。

「違うわよ、元雄のことでなくて、どこだかの中学ではそういうのがあったみたいよ。殴ったりすると跡が残るから、そういう屈辱的なことをするんだって」

「いやだわねえ、そんなことされたら、死にたくもなるわねえ。うちは女の子でよかったわ。だけど、女の子にもそういうの、あるのかなあ」

「愛ちゃんは大丈夫だって。むしろ、イジメるほうでないの」

「やめてよ、愛はイジメはできない子だわ」

「ははは、冗談よ。第一、もし愛ちゃんがイジメられたら、郡池さん、ただじゃすまさないでしょう」

「だめよ、うちのなんかおとなしくて」

「そうでないんでないの。日頃おとなしいけど、かっとなると怖いって言ってたわよ、うちの主人が」

「うそ、怖いもんですか。私と喧嘩したって、すぐにあれだもの……」

トイレに隠れちゃう――と言いかけて、侑城子は口を閉ざした。

「あら、お宅、夫婦喧嘩なんかするの？」

「するわよ、たまにはね」

「で、どうなの、ご主人、どうなるの？　叩いたりする？」

「ぜんぜん、黙ってしまうわね、張り合いがないくらいなもんよ」

「ふーん、じゃあ、外弁慶なんだ」

「あら、内弁慶とは言うけど、外弁慶なんて言わないんでないの？」

侑城子は笑って、「山車の作業場へ行くから」と、横山夫人に背を向けた。

高橋商会裏の「山車製作場」へ近づくと、香ばしいスルメを焼く匂いが漂ってきた。高橋商会の建物に寄り添うように、材木を組み上げ、ビニールシートで囲っただけの小屋だが、大きさはかなりのものだ。秘密を守るために、道路側の壁面は完全に覆っている。入口にもシートを垂らして、外部から覗かれないようにしている。

小屋の中には五人の男たちがいて、裸電球がいくつも照らす下で、声高に喋りながら、カナヅチを使い、ノコギリを引き、その合間にコンロで焙《あぶ》ったスルメをかじり、コップ酒をあおっている。

ドア代わりのシートを捲《めく》って、首を突っ込んだが、郡池の姿は見えなかった。

「うちのは、どこへ行きました？」

侑城子は訊いた。

「あれ？　さっき家さ帰ったんでねかったべか？」

高橋が奥のほうで顔を上げて言った。

「いちど戻ってきたけど、また出て行きました。ここには来なかったのかしら」

「したら、どこかさ寄って来るんでねえか。ここさ来るときに、誰かと会ったみてえだったからな」

「誰かって、誰ですか？」

んべから」

「さあ、それは聞いてねえけど。まあ、いっぺえやって、待ってれや。そのうち来るんべから」

「そうですね」

侑城子は持ってきた差し入れのせんべいを作業台の上に載せて、スルメを一つ口に入れた。

背後の入口に人の気配を感じて、「こんばんは」と声がかかった。振り向くと若い男が立っていた。みかけない顔だ。白いテニス帽を無造作に掴んで、頭を下げ、「お邪魔します」と言った。きれいすぎる東京弁だ。長身で一見、華奢《きやしや》な感じだが、声は心地よいバリトンであった。

口の中のスルメが処理できないでいる侑城子の後ろから、高橋が「はい、なんでしょう？」と応対した。

「じつは、市の観光課で教えてもらって来たのですが、こちらで花巻祭りの山車を製作しているとか……」

男は、八分どおりできつつある山車を見上げ、「これがそうなのですね」と言った。

高橋は手を休めて、警戒する目をしながら男のそばに近寄った。山車の秘密を探りに来た人間である可能性もあるのだ。

「どちらさんですか？」

「浅見といいます」

男は鷲掴みにした白っぽいブルゾンのポケットから、手帳に挟んだ名刺を出した。

「雑誌で、主に旅関係のルポを書いている者です。今回は花巻祭りの取材をしているのですが、こちらの高橋さんとおっしゃる方にお会いするように言われてきました」

「私が高橋ですけど」

高橋が自己紹介をして、浅見という男に折り畳みの椅子を勧めた。

「取材されるのはいいが、秘密は守ってもらわねえと困るのですがね」

「あ、それも聞いてきました。祭りの当日までは企業秘密なのだそうですね。まるで『黒の試走車』みたいで面白いですねえ」

「ははは、そんな大げさなもんではねえですけどね」

高橋は打ち解けて、相手に質問されるままに、花巻祭りのことや、山車の製作に関する解説などを始めた。ルポライターは「へえーっ」とか「なるほど」とか、大げさに聞こえるような相槌《あいづち》を打ちながら、巧みに話を引き出している。

長い話になりそうだし、郡池が現れる気配はないので、侑城子は目顔で作業の男たちに挨拶して小屋を出た。専念寺のトウトウという小太鼓の音が夜のしじまを震わせていた。

3

着任の挨拶をして、官舎に戻って荷物を解いているところに、八重崎《やえざき》刑事課長から呼び出しの電話がかかった。

「殺しらしい、すぐに来てくれないか。あ、いや、パトカーをそっちへ回そう」

八重崎は早口で言うだけ言うと、電話を切った。

「おい、出掛けるぞ」

小林はキッチンの文子《ふみこ》に声をかけ、着替えたばかりのジーパンを脱いだ。

「あら、行っちゃうの？」

文子は額に滲《にじ》んだ汗を、これ見よがしに拭いながら、不満そうに言った。この後の引っ越し荷物の片付けを一人でやれというのか――という顔である。

「仕方ねえよ、仕事なんだから」

「仕事ったって、初日ぐらい休ませてくれたっていいじゃない」

「そうはいかない。殺しだそうだから」

「殺し……いやだなあ、来る早々、縁起でもない」

「ばか、刑事にとって殺しはメシの種じゃないか。ついてると言うべきだ」

負け惜しみのようにそう言ったが、小林にしても、なにも初日に事件が起きなくてもいいじゃねえか——と思わないでもなかった。だいたい、花巻は事件の少ないところと聞いて、楽ができるかもしれない——という甘い認識があったことも事実なのだ。

小林孝治はことし二十九歳、岩手県警察に入って九年と五ヵ月を経過した。この春の昇級試験で階級が巡査部長に上がったのを契機に、秋の異動で花巻署に転任になった。一般的には二十九歳で部長刑事というのは、聞き込みで年中駆け回り、調書など雑用の多い刑事畑ひと筋に歩んできた割には、かなり早い昇進といっていい。

前任地の宮古《みやこ》は三陸沿岸では有数の臨海工業都市であり、港町である。住人の気風は万事につけ陽性で、賑《にぎ》やかな反面、それなりに事件事故も多い。小林夫婦にとっては、新婚ムードにひたる余裕もない、ただむやみに慌ただしいばかりの三年であった。花巻署への転勤が決まったとき、これで少しはひまができそうだと思った。

もっとも、小林は花巻のことをそれほど詳しく知っていたわけではない。生まれも育ちも県北の海岸、久慈《くじ》で通した。高校を出て盛岡の警察学校へ行ったのが、はじめての内陸生活の体験であった。それもほんの短い期間で、警察官になってからの最初の任地が久慈署で、三年後に大船渡《おおふなと》署、さらに三年後に宮古署へといった具合に、県の東半分——沿岸部ばかりをテリトリーとしてきた。

ひと口に岩手県といっても、南北に連なる北上山地によって、大まかには東西に仕切られる。東の三陸沿岸と、北上川の流域に広がる内陸部とでは気候風土はもちろん、文化も人間の気風もまるで異なる。ほとんど断絶といっていいくらいの違いである。

ほんの半世紀ちょっと前ぐらいまでは、岩手県の内陸部から沿岸部へ抜ける街道のほとんどは、「鳥も通わぬ」とうたわれる峠の難所を、徒歩で越えて行かなければならなかった。たとえば、北上山地の「仙人峠」という名にしおう難所にトンネルをぶち抜き、遠野方面から釜石へ抜ける現在のＪＲ釜石線が全線開通したのは、昭和二十五（一九五〇）年のことである。

また、岩手県の成立過程から生じる、文化的風土の地域差も見逃せない。岩手県はかつて、中央域と北域が南部藩領、南域が伊達《だて》藩領であった。南部藩と伊達藩とでは政治姿勢も違うだろうし、おそらく文化的な気風も違ったであろう。もちろん言葉もそれぞれの地域でずいぶん異なる。南部藩域は現在の青森県と共通したところがあるし、また、沿岸の気仙《けせん》地区には「気仙語」とよばれるほどの独特な方言が現存するほどだ。

といったようなわけで、交通機関が発達した現在でも、岩手県では東西ばかりでなく、南北にも岐《わか》れたブロックで、それぞれ独自の経済圏、文化圏を形づくっているようなところがある。

したがって、沿岸部に住む人間には、内陸部の様子はよく分かっていない。転勤先が花巻と聞いたとき、小林の脳裏には「花巻温泉」ぐらいしか思い浮かばなかった。先輩の刑事が「のんびりした、いいところだ」と教えてくれたせいもあって、毎日、温泉にでも浸かっていられるような、平穏な暮らしを期待してやって来た。

それがいきなり「殺し」ときた。文子に冗談で言ったことだが、まあ、事件があるというのは警察官として当然の宿命だし、いわば「オマンマの種」だからいいとして、着任したその日に駆り出されるとは、とんだ見込み違いであった。

パトカーは八重崎課長も乗せていた。文子が玄関先に出て挨拶しようとしたが、それに気づかないほど急いで、小林を拾うとすぐにサイレンを鳴らして走りだした。

「殺しですか」

小林は訊いた。

「ああ、そうらしい。イギリス海岸に漂着した死体だが、頭に鈍器で殴られたような傷があるそうだ」

「イギリス海岸、といいますと？」

小林は一瞬、頭が混乱した。世界地図の大ブリテン島が、不確かな形で蘇った。イギリスの海岸で起きた事件が、なんだって——という疑問が湧いた。

「なんだ、イギリス海岸も知らないのか」

八重崎は信じられないような目で、新任の若い部長刑事を眺めた。

「イギリス海岸というのは、ほれ、あれ、あれだよ。すぐそこの北上川の岸辺で、宮沢賢治がそう名付けたところだ」

「えっ、北上川ですか。しかし、それが何でイギリス海岸なのですか？」

「そんなことはおれは知らんよ。だけど、イギリス海岸ぐらい、岩手県人なら、小学生だって知っているんでねえか」

そう言われると、小林は返す言葉もない。石川啄木とならんで岩手県が誇る詩人・宮沢賢治が花巻の出身だと知ったのは、じつはごく最近のことだ。もともと小林は文学関係が苦手で、賢治のことは「雨ニモマケズ」と「風の又三郎」を学校の教科書で学んだのと、アニメの「銀河鉄道999」のもとになっている「銀河鉄道」が宮沢賢治の作品から取ったものであるらしい——といった程度の知識だから、有名な詩人といっても、ありがたみにはもうひとつ実感が伴わない。

それにしても、いくら岩手県が誇る北上川にしても、たかが川岸に「イギリス海岸」などと、外国の地名と錯覚しそうな大げさな名前をつけるなんて、宮沢賢治というひとは、ずいぶん変わった人間にちがいない——と思った。

岩手県の中央を南北に貫流する北上川は、東北第一の大河である。ついでにいえば、全長は日本第五位、流域面積は第四位。源を県北の七時雨山《ななしぐれやま》に発し、宮城県石巻《いしのまき》市で太平洋に注ぐ。途中、盛岡で雫石川《しずくいし》と中津川《なかつ》を併せたあたりから大河の様相を呈し、さらに花巻では、遠野から流れ下った猿ケ石川と、逆の奥羽山脈方面からくる豊沢川を、北上では和賀川《わが》を……といった具合に、つぎつぎに中小の支流を入れて、水量を増してゆく。

花巻市付近の川幅は、堤防間の距離がおよそ三百メートル。ふだんはさほどの水量はないが、集中豪雨や台風の際はたちまち増水し、ときには洪水の被害をもたらす。水が少ない夏のこの時季でも、川は蛇行しながらもかなりの流速だ。

一九二一年に花巻農学校の教諭となった宮沢賢治は、学生たちを連れて水泳に出掛ける北上川の岸辺が、地質学的にイギリスのある海岸と似ているところから「イギリス海岸」と命名した。第三紀の泥岩《でいがん》が露出していて、無縁の者の目にはただの穴ぼこや襞《ひだ》だらけの白い岸にしか見えないが、ここでは洪積層時代《こうせき》の生物の化石や、水晶、石英などが発見されている。詩人である以前に科学者でもあった宮沢賢治にとっては、研究資料の採取場所でもあったのだ。

賢治は『イギリス海岸』の中で、つぎのように書いている。

夏休みの十五日の農場実習の間に、私どもがイギリス海岸とあだ名をつけて、二日か三日ごと、仕事が一きりつくたびに、よく遊びに行った処がありました。

それは本たうは海岸ではなくて、いかにも海岸の風をした川の岸です。

北上川の西岸でした。

東の仙人峠から、遠野を通り土沢を過ぎ、北上山地を横截《よこぎ》って来る冷たい猿ケ石川の、北上川への落合から、少し下流の西岸でした。

イギリス海岸には、青白い凝灰質の泥岩が、川に沿ってずゐぶん広く露出し、その南のはじに立ちますと、北のはづれに居る人は、小指の先よりもっと小さく見えました。

殊にその泥岩層は、川の水の増すたんび、奇麗に洗はれるものですから、何とも云へず青白くさっぱりしてゐました。


この文章のおかげで、イギリス海岸は有名になった。ことに賢治ファンにとってはひとつの聖域の代名詞のようでもある。夏休み時季にかぎらず、厳寒期を除けば、観光客の訪れも多い。もっとも、名前が知られているほどには、圧倒的な風景というわけのものではなく、地元の人間の目には、ただの川岸にしか見えない。堤防の下に、草一本も生えない白っぽい泥岩の岸辺があるというだけの風景だ。

そのイギリス海岸にこの朝、男の死体が流れ着いた。

発見者は夏休みを利用して宮沢賢治の「ふるさと」を訪ねた女子大生の三人グループだった。「海岸」の最上流部に「高瀬舟《たかせ》」と呼ばれる底の浅い木舟が三艘《そう》、クサリで繋《つな》がれている。死体はその船底にペッタリ張りつくように沈んで、頭の一部だけがわずかに覗いていた。

この日も、水遊びをする地元の子どもたちや、河畔をそぞろ歩きして、「宮沢賢治の世界」に浸る若い人たちが少なくなかったが、死体は高瀬舟の下に隠れていたし、この辺りは川ヤナギの茂みが水辺を覆っていたので、発見が遅れたのだろう。

イギリス海岸から堤防を越えると畑が広がり、その向こうは小舟渡《こぶなと》という集落である。たまたま、畑には農作業をする人の姿はなく、女子大生は少し先の公民館前にある公衆電話まで走って、一一〇番通報を行った。午前十一時過ぎ、まさに、小林が着任の挨拶をすませ自宅に帰り着いた頃である。

小林たちを乗せたパトカーが到着したときには、死体はすでに岸辺から四、五メートルの「海岸」に引き上げられ、青いビニールシートを被《かぶ》せられていた。先着の警察官が数人、遠巻きにロープを張りめぐらせ、野次馬の接近を阻《はば》んでいる。報道の連中は堤防の上からカメラのシャッターを切っていた。

死体は四十代から五十代と見られる男性で、死後十数時間以上は経過している――という医師の見解であった。

「死因はたぶん溺死ですな」と言う。

「ただし、後頭部に打撲痕《だぼくこん》があります。あまり水を飲んでいないのは、川に落ちた時点ですでに失神していたと考えていいでしょう。解剖してみないことにはなんとも言えないが、おそらく肺には相当量の水を吸い込んでいますよ」

その判断を裏付けるように、死体の後頭部に、外見でも分かるほどの裂傷がある。触ってみると、明らかに陥没していた。最初に駆けつけた警察官の第一報では、「鈍器によって殴打された後、川に遺棄されたものと思われます」という見解が示されたが、その傷がはたして人為的なものか、それとも転落時に岩か何かに激突してできたものかどうかは分からない。

「殺しだとすると、第一現場および被害者を川に投げ込んだのはどこかな？」

八重崎課長が上流に視線を送りながら言った。イギリス海岸の上流、ちょうど高瀬舟がもやってある辺りから三十メートルばかりのところに、西から「瀬川」という小さな支流が流れ込む。北上川の本流はその少し上流から急に東の方向へ、ほぼ九十度の角度に湾曲するのだが、その湾曲する付近に東から「猿ケ石川」が合流している。猿ケ石川は遠野盆地から流れ下ってきた、かなり大型の支流である。

「ここから上流には、橋が見えませんね」

小林は言った。

「ああ、橋はこの先三キロばかし行ったところに釜石線の鉄橋があるのと、その先の国道に架かる花巻大橋まではないな」

「だとすると、花巻大橋から投げたのでしょうか」

「どうかな。猿ケ石川かもしれないし、手前の瀬川かもしれない。瀬川ならすぐ近くに橋も架かっているし、道路から川岸近くまで車で下りられる。ただし、水量があまりないから、死体を本流まで流してくれるかどうかが問題だがね」

小林は土手の斜面を上流へ向かって歩いてみた。土手にはびっしりと芝のような草が敷きつめられ、かりに犯人がここを歩いたとしても、足跡を採取するのは不可能だ。

死体が漂流していたという高瀬舟のあるところは「イギリス海岸」のはずれだ。その先の川岸には、水辺までニセアカシアの大木や川ヤナギなどが繁っていて、そこを越えたところに瀬川が合流している。

合流点から瀬川を遡《さかのぼ》ると、二百メートルばかり上流に市道の橋が架かり、橋の真下に堰堤《えんてい》がある。二段になった堰堤を小さな滝が流れ落ちている。橋の上から死体を投げれば、堰堤の下に落ちるから、途中、どこにも引っかからなければ北上川の本流まで流れ出るだろう。また、橋の袂《たもと》から川岸近くまで砂利道があって、少し急だが車で下りてくることも可能だ。ただし、ここも乾いた砂利がゴロゴロしているような土地だから、タイヤ痕や足跡などの採取は難しいだろう。

元の場所に戻ると、鑑識がチェックを終えた死体の所持品を広げて見せてくれた。服装が長袖のスポーツシャツ姿という軽装だから、所持品といってもズボンのポケットに入っていた免許証入れと現金が二万円ちょっと、それにハンカチだけだ。

「免許証によると、被害者は双葉町の人間です。郡池充、四十四歳……郡池？ というと、たしか『アイリス』とかいうブティックの経営者じゃなかったかな」

花巻署勤務の長い鑑識課員が言ったので、捜査員はどよめいた。郡池の名前は知らないが、「アイリス」は表通りだから、たいていの者は知っている。

「すぐに家族に知らせろや。ホトケさんは市立病院のほうに運ぶから、そこで身元確認をしてもらう」

課長の掛け声をきっかけに、捜査員はいっせいに動きだした。死体を運ぶ者以外は、とりあえず現場周辺の遺留品捜索にかかった。第一現場がここでない可能性が強いから、無駄な作業になるかもしれないが、とにかく初動捜査はこれからスタートする。

事件発生から一時間ほど経過すると、近隣の警察署から応援がかけつけてきた。さらに少し遅れて、行動服に身を包んだ県警の機動捜索隊が大挙してやってきた。長い棒を持って、岸辺の葦《あし》や草むらをつついて、捜索の範囲をしだいに広げてゆく。

とにかく第一現場――犯行現場と、被害者を川に投入した場所の特定を急がなければならない。

小舟渡の住民の話だと、瀬川から流れ出たものは、たいていイギリス海岸に流れ着くそうだが、確定的なことは実験でもしなければ分かりそうにない。

4

イギリス海岸の死体の主が双葉町で「ブティック・アイリス」を経営している郡池であることは、郡池の妻侑城子ほかによる身元確認によって明らかになった。

郡池の自宅は店のある双葉町から北へ、徒歩で十五、六分の、「城内《じょうない》」という町にある。城内は文字どおり、かつての鳥谷ケ崎城跡だが、現在は隣の花城町とともに、市役所、法務局など官公署や病院などが多く、また、住宅も立ちならぶ。北上川をみはるかす高台だけに、高級住宅地といってもいいが、実際はそれほど立派な家があるわけではない。五十坪足らずの平屋だが、郡池家などはマシなほうだ。

郡池の姿を最後に見たのは侑城子で、彼女の証言によると、郡池は前夜の午後九時ごろに自宅を出たきり、連絡が途絶えたという。出掛けに、侑城子が「高橋さんのところ?」と訊いたのに対して、頷いていたから、侑城子はそのつもりでいたら、あとで高橋商会の「山車製作場」へ行ってみると、郡池は来ていなかった。他の仲間の話によれば、いったん来てまもなく、「ちょっと家に帰ってくる」と言って作業場を出て、それっきりだということであった。

「ご主人の昨夜の行動、とくに家を出られる直前に何か、とくに変わった様子などはなかったですか」

侑城子の事情聴取には小林部長刑事があたった。

「ええ、べつに……」と言いながら、侑城子の表情に微妙な翳《かげ》りのようなものが流れるのを、小林は感じた。

「どんな些細《ささい》なことでもいいのですよ」

小林は励ますように言った。

「はい」

侑城子ははっきりした声で頷いた。郡池の死を告げられ、遺体安置所で対面したときには、一瞬、信じられないという顔になり、少し間を置いてから号泣した。悲しみで胸がつぶれる——という泣き方であった。しかし、それが収まると冷静さを取り戻し、取調室に入ったころには、むしろ積極的に、小林に死体発見時の状況を問いただすほどだった。感情の起伏ははげしいが、根は陽性のしっかりした性格の女らしい。

「主人が、家を出る前に、どこかから電話がかかってきました。電話がかかる前に居間からコードレスホンを持って行って、奥の部屋で話していました。まるで、かかってくるのが分かっていたようでした」

「ほう、すると、あまり奥さんに聞かれたくない電話だったのですかね」

「そうかもしれません」

「たとえば、こんなことを言っちゃなんですが、浮気の相手だとか」

「まさか……」と、侑城子は非難する目で小林を一瞥《いちべつ》して言った。

「それは違うと思いますけど。もしそうだとしたら、わざわざ家に戻らずに、外の公衆電話を利用するのではないでしょうか」

「なるほど、それもそうですね。それで、電話の相手だとか、どんな話の内容だったか、まったく分かりませんか」

「ええ、小声で喋っていたので、ほとんど聞こえませんでしたから……ただ、『ほんとだって』というのと『まただよ、間違いねえ』って言っているのが聞こえました。それだけです」

「ほんとだって、まただよ、間違いねえ——ですか」

「いえ、『ほんとだって』と『まただよ』のあいだは、ちょっと開いていました。先方の人の話が挟まっていたのだと思います」

「あ、なるほど、そうですか。ところで、その口調だと、わりと親しい仲間と喋っているみたいですね。『間違いねえ』というのは、ちょっと乱暴な言い方ですが」

「ええ、そうですね、私もそのときはそう思いました。たぶん山車作りの仲間と喋っているのだろうって。でも、その後で高橋さんのところへ行った感じでは、主人に電話してきたということはなかったようです」

「それ以外だとすると、ゴルフ仲間だとか、業者仲間だとか、ほかにはご兄弟、ご親戚、いろいろありますが。思い当たる人はいませんか」

「兄弟は弟が一人と妹がいますが……違うと思います。親戚とも違うと思います。そういう感じじゃなくて、やっぱり遊び仲間みたいでした」

「分かりました。いずれにしても関係者はひととおり調べますが、とくに、比較的親しい交友関係を重点的に調べてみましょう。ところで、ご主人は『まただよ』と言っているとすると、以前にもあった何か——ということになりますね」

「ええ、そうだと思いますけど」

「また、何なのか、分かりませんか」

「分かりません……ただ、主人はそのとき、なんとなく不安そうな顔をしていて、私が話しかけても、上の空みたいな様子で出て行ったのが、いまでも気になりますけど」

「ご主人が不安そうだったのは、その電話と関係がありそうなのですね？」

「そんな気がします」

「想像でけっこうですが、その不安の原因は何だったと思いますか？」

「ぜんぜん分かりませんけど……もしかすると、高橋さんのところに行く途中、誰かに会ったみたいですから、そのことが関係しているのかもしれません」

郡池が誰かに会ったらしいということは、高橋ほかの山車作りの仲間たちの証言でも裏付けられた。

作業場にやって来たとき、郡池の顔色がすぐれないのを見て、高橋が「具合が悪いんだったら、無理しないでもいい」と言ったのに対して、郡池は「いや、べつにどこも悪くない」と答えた。

高橋が「青い顔して、借金取りにでも会ったのか」と冗談を言うと、にこりともしないで「まあな……」と、そっぽを向いてしまった。それからしばらくは、みんなと一緒に作業をしていたが、心ここにあらざる様子に見えたという。

結局、二、三十分だけ作業をして、「ちょっと家に帰ってくる」と言い残して、作業場を出て行った。

高橋が「借金取り」と言ったのは、あくまでもジョークであって、郡池が借金取りに追われているという事実は皆無だそうだ。「ブティック・アイリス」の経営は順調だし、ギャンブルなどで多額の借金をするような男でもない——というのが、郡池をよく知る者たちの一致した意見であった。

しかし「借金取りにでも会ったのか」と言ったのに対して、まるっきり否定するのではなく、「まあな」とあいまいに答えたのは、借金取りではないけれど、それに類する、あまり好ましくない相手に出会ったことを想像させる。そして、わざわざ自宅に戻って、何者かにそのことを報告している。

――またたよ、間違いない――

侑城子が聞いたその言葉が、その相手の素性を推し量る情報のすべてであった。

「まただよ」というからには、これまでにも何回か会ったことがあって、多少、しつこさに辟易《へきえき》している相手――というイメージがある。

事件発生の翌日に開かれた捜査会議以来、事故死説と、喧嘩か何か突発的なアクシデントによるものではないか――という意見が大勢を占めたまま、一日、二日と経過した。要するに、郡池の周辺からは、殺害動機に結びつくような怨恨《えんこん》のセンがまったく浮かんでこないのだ。

ただし、事故死にせよ喧嘩にせよ、第一現場はいったいどこなのか――という疑問すら解明されていない状況では、そのどちらとも特定できる根拠がなかった。

事件当夜、郡池は徒歩で家を出ている。高橋商会は城内の自宅から歩いて十分ばかり、市の中心・上町にある。「ブティック・アイリス」へ行く途中だ。城跡に建つ市民体育館の脇を抜け、石段を下りて行くのが近道で、歩いて行く場合は必ずそのルートを通る。

城跡の辺り以外はほとんどが街の中といっていいルートだが、石段を下りたところだけ、片側が石垣の寂しい道になる。そのほかは上町も双葉町も、人家が密集する花巻市の目抜きといっていいような街だ。いくら夜の人通りが少ないといっても、ちょっと大声を出したり、交通事故の音でもあれば、誰かが聞いているだろうし、すぐに顔を覗かせるだろう。

事件または事故の目撃者が一人もいないということは、城跡の体育館付近か石段の下辺り、それともまったく別の場所で起きた出来事とも考えられる。

それともう一つ重大なのは、なぜイギリス海岸に漂着していたのか――という疑問である。北上川もしくはその支流のどこで落ちたのか、あるいは落とされたのか――。

かりに、自ら転落したのであれば単なる事故死か自殺だが、転落させられた可能性の方が強い。死因は肺に水を吸い込んだことによる窒息死――溺死だから、少なくとも、川に落ちるまでは郡池が生きていたことは間違いない。この場合でも、何者かにどこかで殴打された後、川に落とされたのだとすれば、完全な殺人だ。

「転落」の場所がどこであろうと、郡池家からイギリス海岸まではかなりの距離がある。川に落ちた場所はそのさらに上流となると、徒歩で行ったとは到底、考えられない。郡池のマイカーは自宅に置きっぱなしだった。警察は市内のタクシー業者をすべて当たったが、その時間帯に郡池と見られる客を乗せたという報告は入ってこなかった。つまり、その場所まで、何者かが車に乗せて運んだことは確かだし、その人物が郡池の死に関わっていることは、ほぼ間違いない。

その行った先で事件が起きた。後頭部に受けた打撲の原因が喧嘩であるならばもちろんのこと、事故によるものだとしても、結果的に、郡池を死に至らしめた行為は傷害致死を犯したことに変わりはない。また、後頭部の打撲は、実際は川岸に運ばれる前に、すでに受けていたとも考えられる。事故を隠蔽《いんぺい》するために、被害者を遠くに運び遺棄するというのは、そう珍しくもないことだ。

かりに、純粋に郡池の過失で自ら川に転落し、その際、後頭部に打撲、裂傷を受けたのだとしても、その場にいながら、それを見捨てた行為は人命救助義務違反として処罰の対象になりうる。

唯一、車で現場へ運んだ者が、郡池の死をまったく関知していなかった――たとえば、郡池を現場付近で降ろして立ち去った後、郡池が誤って川に転落した――といったケースならば、その人物の行為に犯意はないことになるが、それにしても、事件発生後、三日を経ているというのに、届け出てこないのは腑に落ちない。

ろうとした。

捜査本部はいろいろなケースを想定して、郡池の死の原因と、そこに到る経路を探

はっきりしている点は、郡池の死が自殺でないことだけであった。その点については、侑城子をはじめ関係者全員が一致して、「絶対にない」と断言しているし、客観的に見ても、自殺はありえないと思ってよさそうだ。それ以外はすべての可能性がある。

しかし、あえて本命を特定するとすれば、やはりそれは殺人事件だ。郡池は何者かによっておびき出され、殴打された後、北上川かその支流に投げ込まれたものとするのが、もっとも妥当と考えられた。

捜査員は百人体制で、まず花巻市内および北上川上流域の聞き込み捜査に専念した。もっとも急を要するのは、郡池の足取りを摑むことにある。自宅を出た後の郡池の行動は、まったく不明だ。玄関を出て、そのまま闇の中に消えてしまったように、一人として目撃者が現れない。

郡池の足跡を捜すのと同時に、郡池家と高橋商会裏の作業場周辺での、不審な人物に関する目撃情報の収集にも力を注いだ。

郡池が「会った」と思われる人物は何者なのか。また、電話の相手は何者なのか。いずれにしても、自宅を出て高橋商会へ行くまでのどこかで、郡池が何者かと会って

いることは確かなのである。それも、最初に家を出て作業場へ向かう途中と、二度目に外出した後との二回——ということになる。その両方とも、同一人物であったかどうかは分からないが、事件に関係があると見て、ほぼ間違いないだろう。とくに、後のほうの人物はそのまま郡池を殺害した犯人である可能性が強い。

不審な人物——日頃あまり見かけない人物——という聞き込みをつづけている過程で、小林部長刑事が山車作りの作業場を四度目かに訪れたとき、高橋が「そういえば」と思い出した。

「あの晩、ふだん見かけない人が訪ねて来ましたよ。あ、そうだ……」

作業着のズボンのポケットから、しわくちゃになった名刺を取り出した。〔浅見光彦〕という名前が、控えめな活字で印刷されている。住所は東京都北区西ケ原というところだが、肩書は何もない。

「何をしている人ですか？」

「ルポライターだとか言ってました。花巻祭りの取材に来たみたいだから、まだ花巻にいるんでないでしょうか」

「どこに泊まっているか、分かりませんか」

「さあ……あ、市役所の商工観光課に聞けば分かるかもしれません。観光課で聞いて、ここさ来たみたいですから」

市役所に尋ねたが、宿泊先までは聞いていないという。できれば不意をつきたいところだが、必ずしも怪しい人物というわけでもないので、東京の住所に電話してみた。

「はい浅見でございます」と若い女性の声が出た。ルポライターの妻かと思ったが、そうではなかった。「浅見光彦さんはご在宅ですか」と訊くと、「ただいま坊っちゃまは出張中でございます」ときた。大の男をつかまえて、いまどき「坊っちゃま」なんて言うのかね——と吹き出したいのを我慢した。

「出張といいますと、どちらへ？」

「岩手県の花巻ですが」

「あ、そうでしたか。至急連絡を取りたいのですが、宿泊先は分かりませんか」

「はあ、あの、どちらさまでしょうか？」

用心深い口調だ。

「花巻警察署の者です」

「警察……」

いつの場合も、この瞬間の相手の動揺する様子は、小林のひそかな楽しみである。

しかし、電話の向こうの彼女は、いかにも苦々しそうに「またですか」と呟《つぶや》いた。

「また？　というと、すでに警察からの電話があったのですか？」

「いえ、そうじゃありませんけど、坊っちゃまにはときどきこういうことがあるものですから」

(常習犯か?——)

小林の頭を、チラッと期待感が過《よぎ》った。

「それで、宿泊先は?」

「花巻のホテルグランシェールとかいうところです」

グランシェールは花巻駅前の再開発に伴って、つい一年ほど前に出来たばかりのホテルだ。小林は礼を言って電話を切り、部下の新山《にいやま》刑事を連れて、すぐグランシェールへ向かった。

第二章　花巻祭りの夜

1

ホテルグランシェールは花巻署からは歩いて十分足らずだが、ホテルに着いたのは夕方近かった。街は明日からの祭りの準備におおわらわだ。家々の軒端《のきば》に提灯が飾られ、ムードが盛り上がりつつある。

祭りの取材だそうだから、ひょっとすると外出しているかと思ったが、フロントで訊くと、浅見という客は在室だそうだ。

「どうも様子がおかしいと思っていたのですが、やっぱり何かあったのですか?」

フロント係は心配そうに上目遣いで、刑事の顔色を窺った。

「ふーん、おかしいって、そのお客は何かやらかしたのかね?」

小林は訊いた。

「いえ、とくに何をしたということではないのですが……」

フロント係は自信のない口調で言った。

「お泊まりいただいて、きょうで七日目になるのですがね、二日間はけっこう、外出されたりしてましたが、ほかはずっと、ベッドメーキングのときと、お食事のとき以外、一日中部屋に閉じこもっていて、ときどき夜になると車でお出掛けになったり……」

「ほう、車で来ているのか」

物理的には、死体を運べる条件が整っているわけだ。

「あのお客さん、いったい何をやったのですか？」

「それを聞きたいのはこっちだよ」

小林は苦笑を残してエレベーターに向かった。

浅見という客が入っているのは、四階の、建物の西側の、花巻駅に面した、たぶんあまり眺めのよくなさそうな部屋であった。東側の窓からは、城跡の緑や町並みを見下ろし、はるかに早池峰山《はやちね》を望むことができる。

ドアをノックすると、かすかに「はーい」と眠そうな声が応じて、すぐにドアが開けられた。三十歳前後か、小林よりかなり身長のある男だ。部屋係と思っていたのか、二人の見知らぬ男の訪問にびっくりした顔である。おそろしく狭い部屋で、男の背後には、ベッドや小テーブルが余裕なく置かれ、その向こうの窓に引かれたカーテンが西日に赤く染まっていた。

「浅見さんですね？　花巻署の者です」

小林は手帳を示しながら言った。

「ほう、刑事さんですか」

目が輝いた。たいていの相手は「刑事」と知ると、不安な顔になるのだが、この男は違った。まるで刑事の到来を期待していたように見えないこともない。浅見家のお手伝いもそれらしいことを言っていたが、この男、刑事の訪問には慣れっこになっているのか。いや、ルポライターというのが事実なら、むしろ、何か問題が起こるのを待ち望む体質であってもおかしくはないだろう。

「ちょっとお訊きしたいことがあるのですが、よろしいですか？」

「ええ、もちろん……しかし、ここは狭いですから、下のロビーへ行きましょう」

浅見はテーブルの上のワープロのスイッチを切り、キーを取ってきて、後ろ手にドアを閉めると、二人の刑事を従えるように廊下を歩きだした。なんだか、遊び相手がみつかった悪ガキのように、うきうきした足取りであった。

ロビーの椅子に座るやいなや、浅見は「ひょっとして」と言いだした。

「ニュースで言っていた、イギリス海岸の殺人事件のことでしょうか？」

前かがみになり、両手をテーブルの上で握り合わせ、眸《ひとみ》を輝かせている。

「そう言うところをみると、浅見さん、何か心当たりでもあるのですか？」

「は? いや、そうじゃありませんが、単なる旅行者である僕のところに、刑事さんがわざわざ訪ねて来る用件といったら、たいていそんなことじゃないかと思ったのです。違いますか?」

「まあ、そうですがね」

「そうすると、これはあれですか、僕があの夜訪問した山車作りの作業場に関係した事件なのですか?」

「そうですよ。事件の被害者は山車作りに参加していた人物です。浅見さんはその人に会っているのでしょう?」

「いや……といっても、僕が話したのは高橋さんという人と、島さんという人、それからそうそう、最初に出会った女性の三人だけですが、たしか事件の被害者は男性で、郡池さんとかいいませんでしたか?」

「そうです、郡池さんです。その時はたまたま作業場にいなかったようだが、しかし浅見さん、郡池さんとは、どこか途中の道で出会ったのではないのですか?」

「いいえ、会いませんよ。もっとも、会っていたとしても分からなかった……ははは、なんだ、小林さん、僕を疑っているのですか。それはおかしいな」

「いや、笑いごとではないです。かりにも人一人殺されているのですからな」

小林は精一杯、怖い顔を作った。

「あ、失礼。しかし、僕と郡池さんとは何の関係も接点もありません。ですから、参考人の対象になる資格もありませんので、僕を事情聴取しても無駄です」

「無駄かどうかは警察が判断しますよ。あなたがその夜、作業場を立ち去ったのは何時ごろですか？」

「八時半か、もうちょっと遅く、九時ごろだったかもしれませんね。山車作りの見学や、花巻祭りの熱狂ぶりなんかの話が面白くて、長居をしましたから」

「それからどうしました？」

「ちょっと街をぶらついて、ついでに郊外をドライブして、ホテルに帰りました」

「何時ごろ？」

「さあ、十時ごろかな？　ホテルのフロントでキーを貰《もら》いましたから、正確なところは訊いて見てください」

「そんな呑気なことを言っていられる場合ではないのですがね」

小林は冷笑を浮かべて言った。

「その時刻は、まさに被害者の死亡時刻と一致するのですよ」

「なるほど、アリバイですか……しかし、僕と同様、その時間帯に街をぶらついていた人は、ずいぶんいましたよ。すれ違った車も、たいていは一人しか乗っていませんでしたしね。その人たち全員のアリバイを調べるとなると、警察も大変でしょう」

「ははは、何も無関係の人間を捜査の対象にするわけではない」

「だったら、僕は無関係の人間ですから、ご安心ください。殺された郡池さんとはまったく一面識もありません」

「まあいいでしょう。ところで、浅見さんの車をちょっと調べさせてもらってもよろしいでしょうか」

「ええ、構いませんよ。なんなら警察に持って行ってもけっこうです。指紋採取なんかだと、ずいぶん時間がかかるでしょうから」

「いや、べつにそこまで調べるつもりはない。ちょっと見せてもらうだけです」

何から何まで先回りしやがって——と、小林はいまいましかった。

浅見の案内でホテルの駐車場に行った。浅見の車はアイボリーとベージュのツートンカラーのソアラだ。車中を覗き、トランクを開けてもらったが、怪しむべきものは何もありはしない。せいぜい「いい車に乗っていますね」といやみっぽく言う程度のことしかなかった。

むしろ浅見のほうが積極的に話しかけてきて、うるさいほどだ。

「イギリス海岸で殺されていたそうですが、その人はなぜ夜中に、あんなところまで行ったのですかねえ」

「いや、イギリス海岸で殺害されたわけではないです。単に死体が漂着していたということであって」

「そうだったのですか。そうすると、犯行現場——少なくとも死体遺棄現場はさらにその上流域ということですね。ますます花巻市街から遠くなるなあ……そうそう、その夜、郡池さんは徒歩で外出していたのですか？」

「そうですよ」

「刑事さんが僕を調べに来るくらいですから、郡池さんは自宅と作業場を結ぶルート付近で犯人と出会った公算が大という見解なのですね。そうすると、犯人はその場で殺してから車で運んだのか、あるいは、任意か拉致《らち》かはともかく、郡池さんが犯人の車に同乗して現場まで行ったということになりますね。遺体の状態はどうだったのですか、怪我や争ったような形跡があったかどうか……」

「後頭部の打撲程度で、ほかには大した……いや、そういうことを話しに来たわけじゃないのですよ。余計なことは言わないでもらいたいですな」

小林は部下の手前もあって、苦々しげに言った。

「まあ、きょうのところはこれで引き上げますが、花巻を立ち去る前に、必ず署のほうに連絡してください。でないと、あらぬ疑いを抱かれることになりますよ」

捨て科白《ぜりふ》のように言って席を立った。

その夜の捜査会議でも、直接事件に結びつくような報告はなかった。事件当夜、郡池が電話していた相手が誰なのかすら、いまだに割り出せないでいる。郡池夫人の侑城子に聞いて、心当たりのある人物に片っ端から問い合わせたが、いずれも空振りに終わった。

捜査本部長は花巻署長である佐藤警視が務めるのだが、実際の指揮は岩手県警捜査一課からやって来た葛西《くずにし》警視が執《と》る。葛西は三十八歳、脂《あぶら》の乗りきった——という表現がぴったりのイキのいい捜査主任だが、それだけに、いっこうに進展する気配のない捜査状況に苛立ちを隠せない。

「殺人が行われた以上、必ず動機があるはずだ。被害者が事件直前の電話で、何者かと謎めいた話をしている事実から見て、怨恨のニオイがする。行きずりの犯行とは考えられない。怨みを抱かれるような人物ではないと、家族や周辺の連中が否定的なことを言ったからといって、鵜呑《うの》みにすることはない。誰かが嘘をついているか、それとも本人しか知らない裏の面があることも想定できる。女性関係、あるいはギャンブル等によるマル暴との繋がり、そういったことは本人も隠しているケースが多い。これまでに聞き込みを行った相手に対しても、さらに重ねて接触し、どんな些細なことでもいい、何か引っ掛かるものがないか、入念な事情聴取を行うよう」

叱咤《しった》激励するような口調で訓示した。

初動捜査は三日がヤマだ——という説がある。三日間のうちにあらかたの目鼻がつくようでないと、事件捜査は長引く。一日一日、あるいは一刻一刻が経過するにつれ、証拠は失われ、人々の記憶も薄れてゆく。三日も経てば、その日に何を食べたかすら思い出せないものである。その三日が過ぎたというのに、目ぼしい収穫が何もないのでは、早くも迷宮入りの気配すら漂ってきた。葛西警視が焦るのも無理はない。

2

花巻署の刑事が引き上げたあと、浅見は気もそぞろで、ワープロ打ちどころではなくなった。フロントへ行って、中央紙から地方紙、スポーツ紙にいたるまで、三日前からけさまでの新聞を全部出してもらい、部屋へ持ち帰って、隅から隅まで目を通した。

しかし花巻・イギリス海岸の殺人事件については、どの新聞も最初の日に基本的な事実関係を報じた後、尻すぼみに活字が消えてしまっていた。中央紙の中にはひと言も触れていないものもある。

やっぱり現場に行かなきゃだめか——と、早くも気分が高揚してきた。夕食をすませ、山車の作業場に人が来る時刻を待つまでが、むやみに長く感じられた。

浅見が出掛けた午後七時半には、高橋商会の作業場では、風流山車の最後の仕上げ作業が始まっていた。メンバーの中心人物の一人だった郡池が殺されるというアクシデントはあったものの、山車の製作を取り止めるわけにはいかない。

「郡池君がああいうことになって、本来ならお祭り気分でもないのかもしれないが、しかし、だからこそ陽気にやらなければという気持ちもあるのです」

山車製作の主宰者格である高橋商会の社長はそう語った。作業場は事件の影響で遅れている工程を取り返そうと、てんやわんやの状態であった。それでも浅見は、郡池の事件について、ひととおりのことは訊いた。

高橋もそれに、ほかのメンバーも、郡池がなぜ殺されたのか、まったく思い当たることがないと言っている。ただ、その晩の郡池の様子が、ふだんと違って、かなり屈託したものを感じさせたことは確かなようだ。

山車が完成して、電飾にライトを灯すのはこれから数時間後の、たぶん祭り初日である明日の未明になるだろうという。その瞬間をカメラに収めさせてもらうことにして、浅見はいったん作業場を引き上げた。ただし、真っ直ぐホテルには戻らない。

各戸の軒にしめ縄が張られ、祭り提灯が吊り下げられた。祭りを迎えるムードは盛り上がっていた。時刻は郡池が殺されたのと、ほぼ同じ時間帯である。浅見は郡池が辿《たど》ったと思われている道筋を歩いて行った。

高橋に地図を描いてもらってきたが、郡池家から作業場まではおよそ一キロ。途中、少し道を外れたところに、子どもたちが太鼓練習をする専念寺がある。今夜は最後の仕上げとばかりに、打ち鳴らす太鼓の音には張りつめたものが感じられた。

専念寺の通りを北へ曲がり、城跡の方角へ行く。この辺りの道路には街灯も少なく、ところどころ暗闇もある。暗い中に、石垣とその上の植え込みや樹木がのしかかるように迫っている。人通りはもちろんなく、細く急な坂道のせいか、車の通行もほとんどない。もし郡池が何者かに襲われ、暗がりか車の中に引き込まれたとしても、目撃者がいない可能性は十分、あった。

坂の途中から右へ、石垣に切れ込んだ石段を登ると、城跡に出る。目の前に大きな闇を作っているのは体育館だ。その脇を通り、屋形山車の格納庫の前を過ぎてゆく。

郡池家の前まで行き、しばらくためらってから、浅見は玄関の呼び鈴を押した。沈鬱に静まり返っている屋内のどこかで、予想していたのより大きなチャイムの音が鳴った。子どものころ、近所の家の呼び鈴を押して逃げるいたずらをしたときのように、浅見は逃げだしたい衝動に駆られた。

ドアが開いて、かすかな線香のにおいと一緒に、郡池未亡人の侑城子が顔を出した。先夜、作業場で会っている相手と分かって、少し身を引くようにした。

「先日お目にかかった浅見という者です。このたびはどうも、大変なことで……」

浅見はこういう型通りの挨拶は苦手中の苦手だが、精一杯、真心をこめて、深々とお辞儀をした。侑城子もお辞儀を返したが、当惑と警戒の色は隠せない。

「あの、何か？……」

「じつは、高橋商会の社長さんにお聞きして伺ったのですが」

まず高橋の名を出して安心させておいて、言った。

「警察で話を聞いたところによると、ご主人には人に恨まれるような点はまったくなかったのだそうですね」

警察のお墨付きであることも、暗ににおわせた。

「はあ、ぜんぜん思い当たることはありませんけど」

「高橋さんもほかの人たちも同じことをおっしゃってました。郡池さんは仕事熱心だし、町内の付き合いもいいし、みんなに好かれていたということでした」

「私もそう思います」

侑城子はまた新しい悲しみが湧いてきたのか、目を潤ませた。「あの、散らかってますけど、上がってください」と勧められたが、浅見はここで結構ですと、玄関先の上がり框《がまち》に腰を下ろした。

「そういう郡池さんでも殺されるような事情があったのですから、世の中は分からないものです。しかし、誰かが郡池さんを殺害する動機を持っていたことも事実です。ご主人は、それについて何もおっしゃっていなかったのでしょうか？」

「ええ、べつに何も……」

侑城子は視線を床に落として、口ごもるように黙った。何かがありそうだが、刑事ではないのだから、強引に問いただすわけにもいかない。

「誰かと会う約束をしていた様子はありませんでしたか？」

「さあ、どうでしょうか、なかったと思いますけど、分かりません」

侑城子は首を振るばかりだ。それ以上追及しても無駄なので、浅見は諦めて郡池家を辞去した。

九時を過ぎて、街はいっそう暗くなっていた。体育館の脇を抜け、石段で街へ下りる足元のおぼつかない道を、浅見は郡池がそうやって歩いただろうと想定しながら、コツコツと靴音を響かせて歩いた。

専念寺の、ドドドン、ドドドンと闇を震わす太鼓の音が、石垣にこだまして、苛立ちと不安感をかき立てる。

その夜の郡池も、こんなふうに不安をかき立てられながら、何かに追われているような気持ちで歩いて行ったのだろうか。

そうして、その不安を裏書きするように街角の暗がりに犯人が潜んでいて、郡池を襲ったのかもしれない。

浅見は坂道の途中で立ち止まり、郡池を待つ犯人の心境に身を置いてみた。動機も分からないし、もちろん正確な犯行現場がどこなのかも分からないが、とにかく「彼」が郡池を襲ったことは事実なのだ。それも最初に接触したのが、郡池家から作業場へ向かう途中のどこか――つまり、この付近であることは、ほぼ間違いないと浅見は思った。

ふたたび歩きだすと、薄暗がりの中を、背を丸めて、どことなく風体の怪しげな男が近づいてきた。やや離れたところに、もう一人、仲間らしい男がいる。

「ちょっと、あんた」

男は声をかけて、すぐに気がついた。

「なんだ、浅見さん、あんたでしたか」

小林部長刑事だった。夕刻訪ねて来たときはスポーツシャツ姿だったが、夏の終わりの東北の夜は、急に冷え込むことがあるのか、小林はスポーツシャツの上にジャンパーを着ていた。

「やあ、こんばんは」

浅見はわざとらしく陽気に頭を下げた。小林は対照的に難しい顔を作った。

「こんなところで何をしているんです?」

「ちょっと散歩をしていました」

「散歩?……悪いけど、ちょっとそこまで来てくれませんか」

小林は命令口調になって言って、顎をしゃくるようにして歩きだした。浅見は「ええ、いいですよ」と従った。小林が先導し、もう一人の、いくぶん若い刑事が退路を遮断するように後ろからついてくる。

二ブロック先の角に巡査派出所があった。赤い軒灯の下を三人は建物に入った。若い制服巡査が一人で勤務していて、「ご苦労さまです」と軽い挙手の礼で三人を迎えた。

「ちょっと、中、使うよ」

小林は言い、そのまま奥のドアを開けて狭い部屋に入った。スチールデスクと折り畳み椅子、それに仮眠用なのか、むやみに長い粗末なソファーベッドがある。浅見は折り畳み椅子に座らされ、向かいあわせに小林が座った。若いほうはソファーに腰を下ろして手帳とボールペンを構えた。完全に取り調べの態勢だ。

「あんた、あそこで何をしてました?」

小林はあらためて訊問した。

「ですから、さっきも言ったように散歩をしていたのです」

「ふん、しかし、ただの散歩ってことはねえでしょう。遠くから見ていたが、あっちこっちウロウロして、何か探し物でもしていたんでねえですか」

「まあ、それはたしかに探し物をしていたといえないこともありませんが」

「ほれみれ、やっぱしそうでないですか」

小林はニヤリと笑った。

「いったい何を探していたんです？」

「事件の真相です。何か手掛かりになるような物はないか、歩いてみました。郡池さんは自宅を出た直後から、足取りが途絶えているということですから、ひょっとすると、この付近のどこかが第一犯行現場かもしれませんからね」

「へえー、デカのお株を奪おうというわけですか」

小林は若い刑事と顔を見合わせて、「ふーん」と小馬鹿にしたように笑った。

「それで、何か発見できたんですか」

「ええ、とりあえず一つだけ見つけました」

「ほう、何を？」

「万年筆です」

「万年筆？　どれ、見せてくれませんか」

小林はせっかちそうに手を出した。浅見は笑って首を横に振った。

「いや、僕は持っていませんよ。あそこに書いてあります」

浅見は振り向いて、表の勤務室の壁を指さした。壁には黒板が下がっていて、そこに「拾得物　万年筆」と書いてあった。

「なんだ、あれのことか。じゃあ、あれはあんたが拾ったのですか？」

「いえ、違いますよ。さっきここに入るとき目についたのですが、いまどき万年筆自体、持ち歩く人が少ないのに、それを落とす人がいたのは珍しいと思って、気になっていました」

「ふーん……」

小林にはそういう発想を抱く素地がないらしく、当惑したように唇を尖らせた。それでも一応は気になるのか、表の巡査を呼んで訊いた。

「あそこに書いてある万年筆だが、現物はここにあるのかね？」

「ありますよ。夕方、前島君が勤務しているときに届けられ、自分に引き継ぎをしたものです。落とし主が現れそうにないので、あとで交代のとき、署に持ち帰るつもりでおりました」

「ちょっと見せてくれないか」

巡査はビニール袋に入った黒い万年筆と、拾得物報告書を持ってきた。万年筆はドイツのM社製のやや太めのものだ。拾得者はこの近所に住む小学生で、母親に付き添われて届け出たそうだ。

「拾ったのは二日前で、そのままおもちゃみたいにしていたのですが、母親が見とがめて、ちょっと高級そうに思えたので、届けなければいけないと思ったそうです」

巡査はそう説明した。M社製の万年筆はたしかに高級品だ。円高の現在でも、何万かはするにちがいない。もっとも、かなり古い物らしいし、落としたときについたと思われるかすり傷もある。

「M社製だかなんだか知らないが、相当、古そうじゃないか。もしかすると、持ち主は捨てたんでないかなあ」

小林はあまり気乗りしない言い方だ。

「古いからといって、値打ちがないとは言いきれませんよ」

浅見は反論した。

「むしろ、落とし主にしてみれば、使い慣れた万年筆には金に換算できないほどの愛着があるでしょう」

「まあ、どっちにしたって、たかが万年筆には変わりはない。それとも浅見さん、あんたこれが郡池さんの事件に何か関係があるとでも言うのですか？」

「分かりませんが、犯行現場がこの付近だったとすると、犯人の遺留品であるかもしれません」

「遺留品？……」

小林はギクッとして、あらためて万年筆を眺めた。ビニール袋から出してキャップを取る。鈍い金色のペン先にかすかにインクが滲んでいる。メモ用紙にペン先を走らせると、ブルーの太い線が書けた。

「なるほど、使えるということは、捨てたわけではなさそうだ」

慌ててキャップを元に戻して、指紋が付かないように持ち直した。もっとも、拾った子どもが万年筆の汚れを拭いただろうし、母親や巡査の手にも渡っただろうから、指紋の採取は不可能にちがいない。

「これが犯人の遺留品だとすると、犯人は万年筆を持ち歩く人間というわけですか。いまどきそんなやつがいるかなあ」

小林は首をひねって、浅見に訊いた。

「あんた、どうです？　ルポライターとしては、そういう物を持ち歩きますか」

「僕はボールペンです」

浅見はブルゾンの内ポケットにさしたボールペンを見せた。

「報道関係の人間や、物書きが取材用に持ち歩くのはたいていボールペンかシャーペンですね。しかし、万年筆愛好家なら、万年筆を持っていたって不思議はありませんん」

「しかし、これが事件に関係があるという根拠は何もないがねえ」

「関係ないという根拠もありません」

浅見は負けずに言い返した。

「まあ、それはそうだが……」

小林はあらためて拾得物報告書に目をやった。派出所の巡査が聞き書きした書類によると、子どもが万年筆を拾ったのは、城跡の石垣下辺り——ということである。道路脇の植え込みに落ちていたのを、偶然見つけた。まさに浅見が想像していたとおりの場所だ。

「犯人が郡池さんを襲って争ったとき、はずみで万年筆がポケットから飛んだと考えることもできます」

浅見は力を得て、強調した。

「じゃあ、そこが犯人が郡池さんを襲った第一現場というわけですか。ははは、そんなふうに単純に決められても困るな」

素人の知恵を受け入れるのを快しとしないのか、小林は笑ったものの、あまり愉快そうではなかった。

「しかしまあ、とにかく現場を見てみることにするか。いや、どうもご苦労さんでした、帰っていただいてけっこうです」

軽く手を挙げると、部下を従えて派出所を出た。

「僕も行きます」

浅見は後につづいた。

「だめだめ、何を言ってるのかね」

小林は思いきり顔をしかめて、大きく手を広げた。

「これ以上は警察の邪魔をしないように。よろしいですな」

浅見を睨みつけると、部下を促して交差点を渡って行った。

3

朝早くから鳴りだした笛と太鼓の音に、浅見は目を覚まされた。どこか街頭に設置されたスピーカーから流れ出るらしい。それも一箇所でなく、遠く近くに音の発生源があるせいか、木霊《こだま》が呼び交わすように、賑やかに輻輳《ふくそう》して聞こえる。

浅見はお祭り騒ぎは嫌いだが、本物の祭りは好きだ。東京の自宅近くに平神社、七社神社という二つの神社があって、春と秋に祭礼を行う。物心ついたころから、ばあやさんに連れられて、欠かさず両方の祭り見物に出掛けた。大太鼓の山車に乗って太鼓を叩かせてもらったりもした。祭り囃子を聴くと心が浮き立つのは、幼時体験からきているのかもしれない。

朝食をすませてホテルを出ると、街は祭り気分一色であった。郡池の店「ブティック・アイリス」のある双葉町辺りも、陽気さにみちみちていた。アイリスも平常どおりに店を開けたようだ。

高橋商会の作業場では、入口のヴェールを除《の》けて、「義経と弁慶の天狗退治」の山車が雄姿を現している。昨夜はライトアップされたものを撮りまくったが、昼間見る山車は色彩豊かで、なかなかみごとだ。

事件からまだわずか五日だというのに、悲劇的な気配などどこにも見当たらない。お祭りムードに煽《あお》られて、人々の記憶も薄れてしまったように見える。そういえば、この二、三日、新聞の紙面からも、事件の記事はすっかり消えていた。

警察へ行ってみても、報道関係者の姿が見えない。何か特別に警察発表でもなければ、取材する気にもならないのだろうか。それに、花巻署は築後四十年以上、老朽化がひどく、クーラーの設備もない。なるべくなら敬遠したくなるのも無理がない。

刑事課の部屋を覗くと、小林部長刑事は在席していた。外歩きから戻ったばかりなのか、しきりに額や首筋の汗を拭っている。浅見が笑顔で会釈するのに気づいて、ちょっと頬を歪めてから立って来た。

「昨夜はどうも」

戸口に立ちはだかって一歩たりとも入れない姿勢だが、一応、挨拶はしてくれた。

「いかがですか、昨夜の収穫は」

浅見は小声で訊いた。

「いやいや」

小林は疲れた顔で首を振った。

「一応、念のため郡池さんの遺族に万年筆のことを訊いてみたが、郡池さんの物ではなかったです。それに拾得場所は厳密に言うと、郡池さんが通るコースから少しはずれたところでした。あそこに石段があるでしょう。そこよりは坂を少し上がった辺りです」

「じゃあ、事件とは関係ないと判断されたのですか？」

「まあ、そういうことです。といっても、参考までに捜査本部のほうには報告しておきましたがね」

「それで、捜査本部の反応は？」

「………………」

小林は黙って首を横に振った。

「しかし、第一現場の特定はまだなのではありませんか？」

浅見は大いに不満だ。

「ああ、それはまだです。機動捜査隊がイギリス海岸付近を徹底的に捜索しているが、どうも、手掛かりになるような発見はないみたいです。上流域の捜索となると、さらに広範囲で、どこから手をつけていいか、分からないようなもんですからね」

初動捜査は目下のところ、あらゆる方面で望み薄といったところのようだ。

「だったら昨夜の万年筆は、有力な情報になるのじゃありませんか？」

「いや、そう重要視することはないという判断でしょうな。あれが凶器だとかいうのならべつだが、ただの万年筆じゃねえ。事件や犯人に繋がる可能性も薄いし」

「そうでしょうか、繋がりませんか。僕は気になってしようがないのですが。調べてごらんになったらいかがですか」

「そりゃ、もちろん調べますよ。しかし、あんな古い物じゃ、買った店を探すわけにもいかないしねえ」

調べるとは言うものの、小林はいかにも気乗り薄だ。小林がそれでは、警察そのものがまるで気がないものと思って間違いない。

「落とし主を探す方法はないのですか？」

浅見は食らいついた。

「まずないですね、本人が名乗り出てくればべつだが。あんたが言うように、使い古した万年筆に愛着があるというのなら、先方から探しにくるでしょう」

「じゃあ、それまで手を拱《こまね》いているというわけですか」

「ま、そういうことですかね。捜査はほかにもいろいろやることが多いんだから」

それはそうかもしれない。目撃者探しや聞き込み捜査は際限がなく、手掛かりがあるまでつづけなければならない。誰が落としたのか分からないような万年筆にかまけている余裕はないのも理解できる。

浅見にしたって、あの万年筆が事件に関係のある物だという、何の根拠もありはしない。ただ、ほかに何もないからという理由だけでこだわっていると言われればそれまでだ。しかし、そのこだわりは理由や理屈を超えたものである。

事件捜査の手掛かりなんていうやつは、現場に重要証拠がゴロゴロしている場合ならともかく、何もない状況では、ほんの些細な取るに足らぬような代物でも、それにめぐり会ったことを幸運に思うくらいでなければならない——と、浅見は信じている。

昨夜、思いがけなく小林に「連行」されて行った先の派出所で、黒板に「拾得物万年筆」の文字を発見したのは、その幸運以外の何物でもなかった。いわば、向こうから転がり込んできたような幸運に背を向けてしまっていいはずがない。

「それで、あの万年筆はどうするつもりですか？」

浅見は未練たらしく訊いてみた。

「そうですなあ、まあ、一定期間、遺失物係のほうで保管して、遺失者からの申し出がなければ、拾った子どもさんに引き渡すことになりますね」

「どうでしょう、万年筆をしばらく僕に貸してくれませんか」

「は？……」

小林は世にも不思議な物を見るように、浅見を眺めた。それから慌てて、「そんなことができるはずないでしょう」と言った。浅見も「そうでしょうね」と諦めるほかはなかった。

「しかし浅見さん、あんた万年筆をどうするつもりですか？　いや、これはあくまでも参考のために訊くんですがね」

「もちろん、持ち主を探し出します」

「そういうけど、どうやって？」

「それは……まだ分かりません」

「なんだ」

不安顔の小林だったが、ほっとしたようにニッコリ笑った。素人に何か妙案でも出されては、刑事の面子《メンツ》にかかわると思ったにちがいない。

浅見はいったんホテルに帰って、車で宮沢賢治記念館を訪れることにした。花巻市街から北上川を渡って東へ三、四キロの小高い岡の上に甲子園球場ほどの平地がある。その一角に記念館があった。かなり大きな建物である。花巻市街からは遠いが、東北新幹線の新花巻駅からだと徒歩で三十分、バスを利用すれば十二、三分だそうだ。

夏休みの名残だろうか、記念館には若い人を中心にかなりのお客が入っていた。その熱気のせいか、冷房は効いているはずなのに、汗ばむほどだ。

記念館には賢治の自筆原稿をはじめ、賢治が集めた物、愛用した物などが展示してある。浅見には文学者としての宮沢賢治のイメージしかないが、じつは賢治は科学者であり農学者であり、とくに鉱物については造詣《ぞうけい》が深かった。北上川の露岩を「イギリス海岸」と命名したのも、彼の鉱物の知識に由来している。また、趣味も広く、絵画や音楽の才能も豊かだったらしい。レコードやチェロなどの遺品に興味を惹かれた。『セロ弾きのゴーシュ』を発想したのは、このチェロなのか――などと勝手に想像して、浅見はひとり感慨を覚えた。

宮沢賢治はわずか三十七歳の若さで逝《い》った。浅見にとって、あと四年のいのちである。この自分にあと四年間で何ができようか。賢治のなし遂げた大事業に較べて、なんとお粗末な人生だろう――と思うと、忸怩《じくじ》たるものがある。

年譜によると、賢治は十五歳のときすでに「中央公論」やエマーソンの哲学書を読んでいたという。二十歳ごろから短編や童話、短歌などを発表し始めたが、一般刊行物に掲載されたのは「愛国婦人」という雑誌に応募した童話『あまの川』が最初。翌年、同誌に童話『雪渡り』が掲載され、五円をもらったのが、生前受けた唯一の原稿料だった。弟の清六に頼んで、トランク一杯の童話原稿を出版社に売り込みに歩いてもらったが、どこにも断られたそうだ。作品が難解で、編集者や出版社の理解を超えていたともいえるが、やはり賢治の作品に共通する暗さが「童話」としてふさわしくないと感じられたのだろう。その点は編集者も指摘しただろうし、賢治自身にも反省があったと考えられる。

そのことは、賢治が自分の作品に対して何度となく手を加え、推敲《すいこう》している過程を見ると分かる。たとえば『銀河鉄道の夜』の初期形では、ジョバンニ少年が母親のために牛乳を買いにゆくシーンで、牛乳屋の年老いた下女は、祭りの日だというのにぼろぼろの服を着ているジョバンニの貧しい姿を見て、「ちち、今日ありませんよ。あしたにして下さい」と冷やかに言うのだが、後にこの「年老いた下女」は「年老いた女の人」と書き改められ、ジョバンニに対する態度もいくらか優しくなっている。

自分の才能（天才といってもいい）が世に受け入れられないことに、賢治は悩み苦しんだことだろう。それはほとんど社会の理不尽に対する怒りに近かったにちがいない。しかし、その一方には、やはりコンプレックスもあったはずだ。ほんの少し前まで「陸奥《むつ》の国」と呼ばれていた遠隔の地の、名もない作者——という意識は、出版社側はもちろん、賢治自身にもあったのではないだろうか。賢治は自作の詩について、「これは詩と呼べるようなものではない」といった、きわめてへりくだった述懐《じゅつかい》を洩《も》らしたこともある。

晩年近く、賢治の作品や言動には明らかな変質が見られる。病体に鞭打つように社会奉仕的な仕事をつづける一方、自己嫌悪といってもいいほどの反省と悔恨を自らに課していたのではないかと思われる。自信と覇気に満ちた若いころの高みからの物言いは影をひそめ、弱者ばかりか悪人の立場をも理解しようという、優しさが見えてくる。その極ともいえる作品が、死の床で手帳にメモした『雨ニモマケズ』である。「サウイフモノニワタシハナリタイ」と結んだ言葉に、賢治の想いを感じ取ることができる。

宮沢賢治記念館を出て、岡の南斜面、大きな日時計のある公園を散策しながら、浅見は重い命題を背負わされたような気分であった。賢治の駆け抜けたような三十七年の生涯を思い、彼の膨大な創作の成果を見れば、厳粛な想いが湧いてきて当然だ。面白おかしく過ごしてしまうことの多いいまの生き方を、これでいいのか——と問いなおさずにはいられない。

記念館のある岡を下り、田園の中の道を走り、北上川を渡ると祭りムード一色の街であった。浅見は銀河鉄道で異次元を旅してきたようなとまどいを覚えた。

市内中心部の大通りはいたるところで通行止めになっている。浅見は大きく迂回《うかい》してホテルに戻った。ずっとガラガラだったホテルだが、祭り見物の観光客で満室らしい、それほど広くないロビーはごった返していて、その奥の広いレストランも満員の盛況だ。

浅見は部屋に引っ込んで、陽が沈むのを待って外へ出た。

4

花巻署には「花巻祭り対策本部」が設置されている。花巻署は岩手県内で三番目、署員が約百人という大型の警察署だが、夕刻から始まる山車や神輿、それに踊りの列の市内練り歩きに備え、交通課はもちろん、防犯その他、署内の大半が駆り出された。祭り期間中は、交通整理ばかりでなく、喧嘩やスリの対策にも追われるのである。かつては神輿や山車の一グループごとに警察官が必ずついて歩いたのだが、現在は人員も予算も不足していて、そこまでのサービスはしない。それでも、署内各課には留守番程度の人間しか残っていない状態だ。

刑事課だけは、お祭り騒ぎの中で、エアポケットのように浮いた存在であった。事件捜査のほうはさっぱり進展せず、捜査員の気勢は上がらない。ただでさえ材料不足のところへもってきて、この祭りの大騒ぎでは、証拠も手掛かりも吹っ飛んでしまいそうだ。

実際、祭りの三日間は聞き込み捜査も中休みといったところで、緊張感や集中力を要求するほうが無理というものかもしれない。古参刑事の中には「だめだな、これは」と、早くも弱音を吐く者もいた。

午後七時過ぎ、祭りのパレードが最高潮に達し、鹿踊り、花巻囃子踊り、樽神輿につづいて、各町内会自慢の風流山車が次々と繰り出されたころ、一一〇番指令室から刑事課に連絡が入った。「中根子の柳保育園付近の豊沢川で変死体が発見された」というものである。

刑事課で電話を受けたのは小林部長刑事であった。課長は退庁し、あらかたの刑事たちも帰宅するか、警備と称して祭り見物に行くかして、刑事課はガランとしたものだ。小林のほかには若い刑事が二人しかいない。小林は課長に連絡を取り、部下を指揮して不在の連中に一斉呼び出しをかけた。

廊下に出ると、捜査本部に当てられた会議室のドアから、騒ぎに気づいた県警の葛西警視が顔を覗かせて、小林に声をかけた。

「何かあったのかね？」

「はあ、変死体の一一〇番通報です」

「ふーん、また殺しかな。やれやれ」

まだ所轄が状況の把握に努めている段階では、県警のスタッフは口を出さないのが通例だが、葛西はちょっと思案してから、「よし、私も行こう」と言い、部下数名を率いて会議室を飛び出してきた。郡池の事件との関係を直観したのだろう。

階下ではまだ居残っていた副署長が残留の署員をかき集めて出動準備をさせていた。これでパトカー四台分の人数は揃った。そのあとに鑑識車がついて走って、どうにかそれらしい態勢は整った。

中根子は東北自動車道が豊沢川を渡る辺りの北岸一帯の地区名である。花巻市街のはずれだが、人家はまばらで、小さな工場なども点在している。東北道の少し下流に道地橋という市道の橋があり、そこから約三百メートルほどは、広い川原のあちこちに小灌木《かんぼく》や草が生い茂る。

この辺りはかつては子どもたちの川遊びや魚とりなどが盛んだったところだ。宮沢賢治の童話にある「さいかち淵」も、たぶんこの辺りだと思われる。上流にダムができて、年中行事のようだった洪水がなくなった代わりに、流量も減って、当時とは川相が変わった。「さいかち」の木もいまは見られない。

一時期、野放図なゴミ捨てなどがあって、すっかり川原が汚れてしまったが、川の水そのものはいまもきれいで、アユが放流され、シーズン期間中は太公望《たいこうぼう》でかなり賑わう。

柳保育園の少し上流あたりで、堤防上の道路から川原に向かって砂利道が通っている。以前は産業廃棄物を捨てる車が通ったことがあるが、取締りがきびしくなって、現在は釣り人が車を乗り入れる程度だ。

豊沢川は二十年に一度ぐらいやってくる洪水のときは堤防いっぱいまで水に浸かるが、通常は川のやや南寄りに幅十メートルほどの流れがあるほかは、ところどころ入り江のように切れ込んだ淀《よど》みができていて、そこの水はほとんど動かない。夏の盛りは水も腐り、異臭が漂うから、この辺りは人がよりつかないところだ。

死体はその淀みの岸近くにうつむきになかば沈んでいた。第一発見者はたまたま通りかかった釣り人である。夕方まで竿を振っていたが、いよいよ暗くなってきたので川原を引き上げる途中、偶然、発見した。

現場には野次馬が少しと、最寄りの派出所に勤務していた巡査が二名駆けつけ、現状保存に当たっていた。

小林はイギリス海岸の事件を連想したが、この場所は水の流れがまったくないところだけに、死体が上流から流れてきたことはありそうにない。この場所で水の中に落ちた――あるいは落とされた可能性が強い。ここはすぐ近くまで舗装道路がきているし、砂利道が川原まで入っているから、死体を運搬する場合には、イギリス海岸よりも簡単だ。

本隊が到着してから、死体が引き上げられた。真っ暗闇の中、投光器一台と車のヘッドライトで照らしながらの作業で、足跡などをなるべく消さないように気を使わなければならないから、時間がかかった。

死んでいたのは四、五十歳ぐらいの男性で、見たところ外傷はなく、水を飲んだ様子にも見えない。まだ腐敗は始まっていないが、死後二十時間程度は経過していそうだ。間もなくやってきた医師も、ほぼそんなものだろうと認め、「こりゃ、自然死でなきゃ、毒物だな」ということであった。

死体の身元はじきに分かった。身分証明書や名刺は所持していないが、小林はその顔に見憶えがあるような気がした。長時間水の中にあったせいで、かなり顔の様子は変わっているだろうけれど、どこかで会ったことがありそうだ。

遅れて来た警部補が「たしか、星が丘の郵便局長でねえかと思うがなあ」と言ったので思い出した。つい四日前、事情聴取に回った先に星が丘郵便局長の家がある。

星が丘というのは花巻市域の西北の、比較的新しい住宅地だ。古くて安普請《やすぶしん》の多い花巻の民家や街に対して、ここは高級で近代的な家が立ち並ぶ。その星が丘の特定郵便局の代田《しろた》という局長に死体の顔が似ていた。代田は郡池の交友関係者の中の一人で、数年前までは青年会議所の理事を務めたりして親交があった。現在はそれほど頻繁な付き合いはないらしいが、その関係で一応、事情聴取を行っている。

ただちに代田家に電話で連絡すると、夫人が出て「主人は留守です」と答えた。昨夜、自宅を出てから連絡がないという。警察からの電話と分かると、「あの、主人がどうかしましたか？」と不安そうに訊いた。

小林は「間違いかもしれませんが」と前置きして、状況を説明し、死体の身元確認に来てもらいたい旨を伝え、パトカーが夫人を迎えに行った。

夫人に確認してもらって、死体の主はやはり星が丘郵便局長・代田聡であることが分かった。もっとも、代田夫人は直後に貧血を起こして倒れたため、夫の遺体と一緒に市立病院へ搬送され、詳しい事情聴取はそれからしばらく後になった。

代田夫人の話によると、代田は昨夜九時ごろに自宅を出ている。

「その少し前に電話がかかってきてましたから、誰かに呼び出されたのではないかと思いますけど」

「電話は誰からか分からないですか？」

事情聴取は小林が当たった。

「ええ、主人が出て、小声でぼそぼそ話してましたので。ただ……その電話の前に三度、無言電話がありました」

「無言電話？」

「はい。それには三度とも私が出たのですけど、受話器を取って『はい、代田です』と言っても、黙っているのです。明らかに電話の向こうに人のいる気配はあるのに、ずーっと黙っていて、それからガチャッと電話が切れました」

「何者か、心当たりはないですか？」

「ありませんけど、もしかすると女の人じゃないかって……」

「なるほど。ご主人にはそういうケがあったのですか？」

「それは、ないと思いますけど、でもはっきりとは言い切れません。主人が電話で喋っている様子や、家を出て行くときの様子なんか、ちょっと秘密っぽかったし、どこへ行くのか訊いても、言葉を濁していましたし」

小林は夫人の話を聞きながら、（似ているな——）と思った。郡池充が自宅を出たときのケースとそっくりだ。死に方も、死因こそ異なるが、川に浮いていたところなど、まったく同じといっていい。

葛西警視にそのことを言ってみた。

「なるほど、単なる偶然かもしれないが、一応、調べてみてくれ」

詳しく調べると、郡池と代田の類似点がさらに出てきた。郡池は四十四歳、代田は四十五歳だが、生まれ月の関係で同学年である。二人ともかつては同じ学区内に住んでいて、小学校と中学で同窓生だった。

ただし、高等学校から先は別々に進学している。

彼らの年代は高校を卒業したころから地元を離れる者が多かった。花巻には雪印乳業、新興製作所を除くと大型の企業は少ない。地元で就職できる人数には限度があり、およそ半分以上は東京などに転出して行く。郡池は東京の大学を卒業してからしばらく商社に勤めているが、代田のほうは卒業後はすぐに帰郷した。当時、父親が経営していた農機具店を手伝ったのだが、周辺の再開発が進み、店の辺り一帯も「星が丘」という住宅団地化することになり、それを機会に店を改造し、特定郵便局の設置を申請し認可された。

余談になるが、特定郵便局というのは日本独特のものだ。明治維新当時の郵便制度成立過程に生まれた「知恵の産物」といえる。

詳しく説明すると長くなるので省くが、もとは、民間人の中から選ばれたその地域の名士が「特定郵便局長」となり、国に自分の家や店を提供して業務を行うものである。その形態は基本的には現在もほぼ踏襲されている。ただし、かつては無償提供していた建物の家賃相当額を、国から支払われるようになったし、なかば名誉職だった俸給も、公務員なみにきちんと定められた。

特定郵便局長は国家公務員だが、一般と異なって、競争試験による選抜ではなく、選考任用制によって採用される。その地域で人望のある人物が選ばれると考えていい。建物を提供するとあって、地域に密着した営業やサービスが行われ、また継続性もあり、代々、受け継がれるケースが多い。

星が丘は近年めざましく住宅団地の開発が進み、花巻市の中で突出して人口が増加した。特定郵便局が設置される条件はすべて整ったといっていい。代田の知人に近くで特定郵便局長をしている者がいて、たまたまその話を伝えたのが、代田をその気にさせたきっかけだそうだ。

郡池の事件で小林が事情を聴きに行ったときには、代田はとくに参考になるようなことは話していない。郡池とはここ一年ばかり顔を合わせていないし、事件当夜は特定郵便局長の集まりがあって、花巻温泉に行っていたということであった。関連性ありと即断はできないが、捜査本部はとりあえず、二つの事件を併せて取り扱うことになった。

*

事件現場が市街地からはずれたところだったせいもあるが、花巻の市民は祭りに熱中して、ほとんど事件に気がつかなかった。わずかに報道関係の警察担当者だけが、朝刊の締切りを気にしながら走り回っていた。

浅見も祭りの真っ只中にいた。カメラを持って山車や鹿踊りの列を追いかけた。浅見はとくに双葉町の行列に密着取材している。山車の製作から晴れ舞台までの流れを物語風にまとめたいというのが浅見の狙いであったのだ。むろん、子供囃子の写真も何枚も撮った。子供囃子は五人が一列に並び、左右の男衆が提《さ》げる二本の竹竿の上に置かれた小太鼓を叩きながら歩く。列は六、七列から十列と町の規模によってさまざまだ。

双葉町の子供囃子に、死んだ郡池の娘が混じっていた。最年長なのか、ひときわ大柄で目につく。三十人あまりの仲間とお揃いの、お稚児さんの衣装を纏《まと》い、金色の冠をかぶって、無心に撥を振っているのが、なんともいたいたしく見える。

ふと気がつくと、列の脇に人波に揉まれるようにして、母親が娘の様子に気を配りながらついて歩いていた。まだ忌中にある郡池の妻と娘が、祭りの列に参加しているのは、奇異な感じで受け取られかねないが、浅見にはなんとなく理解できるような気もした。

初日の祭りのパレードそのものは午後九時過ぎには終わったが、余燼《よじん》のような賑わいは街のあちこちで遅くまで続いた。山車の格納庫前はちょっとした酒盛り風景で、第二日、第三日へと、祭り気分に拍車をかけようとする、庶民の熱気が感じられる。

そのあれこれを取材して歩いて、ホテルには深夜に帰った。だから、浅見がその夜の事件を知ったのは、翌朝の新聞とテレビニュースによる。

新聞では事件の内容を基本的なことだけ伝えていた。豊沢川で男の人の変死体が発見され、他殺の疑いがあること。男の人の身元は星が丘郵便局長の代田聡（四十五歳）であることなどだ。テレビのニュースでも、昨夜の代田の行動について補足した程度で、事件の核心に迫れるようなものではなかった。

浅見はすぐに（似ている——）と思った。関連あり——と断定的に思った。こういう場合、浅見は自分の直観をほとんど疑わない。もっとも、疑っていたら物事は始まらないことはたしかだ。

十時になるのを待って、浅見は花巻署へ行ってみた。祭り二日目の街は、昨夜の騒ぎ疲れのせいか、気抜けしたように閑散としている。たぶん、夕暮れが近づくまでは、市民はエネルギーを蓄えているのだろう。

対照的に警察は活気づいていた。報道陣もにわかに人数が増えた。忙しげに行き来する署員のほとんどが目を赤くして寝不足を物語っている。その中で浅見は小林部長刑事を見つけて声をかけた。小林は「あんたですか」と、露骨にいやな顔をしてみせた。

「なんだか、似たような事件ですね」

浅見は相手の思惑に構わず、言った。

「似たって、何のことです？」

小林はとぼけたが、同じ気持ちなのは、その表情から見てとれる。

「ほら、イギリス海岸での事件と、昨夜の事件と、よく似ているじゃありませんか」

浅見は辛抱づよく、まじめに答えた。

「はあ、そうですかねえ、似てるかな」

「ええ、似ていると思います。死因はどうだったのですか？　やはり溺死ですか？　だったらそっくりなんですがねえ」

「いや、溺死じゃないですよ。さっき署長の記者会見をやったから、そろそろテレビのニュースでも発表するだろうが、毒物による殺人事件です」

「毒物というと、何の毒ですか？」

「それは言えませんよ。ただ、胃の中にコーヒー飲料らしい残留物があったそうだから、コーヒーと一緒に飲ませたんでないでしょうかね」

「関連ありでしょうか？」

「いや、分かりません」

小林は「さて」と時計を見て、軽く会釈して行ってしまった。

第三章　毒もみの好きな局長さん

1

星が丘郵便局に隣接して代田家がある。主《あるじ》の遺体は午後二時になって、ようやく警察から送られてきた。浅見が訪ねたときは、降って湧いた悲劇の後始末に奔走する人々で、代田家はごった返していた。

今夜が通夜で明日が葬式ということなのだろう。葬儀社の人間らしい、白いワイシャツに黒ネクタイを締めた男が何人か、額に汗を滴《したた》らせながら、手際よく幕をめぐらせ、大きな造花の花輪を飾っている。知人か近所の人か、通夜の手伝いをする男や女が数人ずつ、手持ち無沙汰《ぶさた》に佇んだり、接待用の茶碗を運んだりしている。

浅見は道路を挟んだ向かい側の電柱の脇から、そういった風景を眺めていた。近所の家々に聞き込みに歩いている刑事らしい姿も見えた。その後ろに金魚の糞《ふん》のようにくっついて、スポーツシャツの軽装でうろうろしているのは、報道関係の人間にちがいない。

少し離れた路上に車が停まり、二人の女性が下りてきた。黒いワンピース姿は郡池未亡人の侑城子、白い長袖シャツに制服のスカートは、小太鼓を叩いていた少女である。

二人が近づくのを待って、浅見は電柱の脇を離れ、親しげに「先日はどうも失礼しました」と声をかけた。侑城子は正直に迷惑そうな顔になったが、「こちらこそ」と挨拶を返した。少女のほうは、見知らぬ男に好奇の眼を向けている。

「参りましょうか」

浅見は右手の先で代田家の方向を指し、二人の客を先導するように歩きだした。なんとなく代田家にゆかりのある人間に見える。侑城子はキツネにつままれたような顔でついてきた。

表の喧騒に較べ、家の中はむしろひっそりとして、線香の煙とともにしめやかな雰囲気が漂っている。手伝いの人々も足音をしのばせて行き来する。

奥の座敷にはすでに祭壇が設《しつら》えられ、白木の棺を背に、黒い喪服の代田未亡人が独り、気抜けしたように座り込んでいた。近親者の悔やみはひととおり終え、通夜の客の訪れまで、しばらくは空虚な間がある。口を半開きにして、やや俯《うつむ》きかげんの未亡人の顔は、寝不足と心労のせいで、青白く乾いている。おそらく涙も涸《か》れはてたというところだろう。侑城子が「のり子さん、大丈夫？」と声をかけると、顔を上げて

「ああ、侑城子さん」と救われたような声を発した。

「このたびは、とんだことで……」

侑城子が娘を伴って彼女の前に座り、型通りの挨拶をするのを、代田のり子はもどかしげに受けて、「うちのもこんなことになってしまって」と、震える声で言った。悲しみを通り越して、恐ろしさがつのってきた様子がありありと見てとれた。

「ほんとに恐ろしいわ。このあいだ郡池さんが亡くなったときは他人《ひと》ごとだと思っていたのに、まさかうちの人まで……なんだか呪われているみたいで……」

「のり子さん」

侑城子が小さく手をあげてのり子の口を封じた。背後の襖《ふすま》の外にいる浅見を、目顔で教えている。「お知り合い？」「ううん、ルポライターとかいうひと」というひそひそ話が、浅見のところまで聞こえた。めったなことは喋らないほうがいいと、言外に伝えたのだろう。

「お邪魔します」

浅見は少し強引かな――と後ろめたく思いながら、部屋に入り込み、郡池母子より少し下がった位置に座った。

「僕は浅見という者です。ルポライターをやっておりますが、いわゆる事件物を書いたりはしませんので、安心してください。たまたま郡池さんの事件に関わって、警察の捜査にもいろいろ協力させてもらっています。そういうところにまた代田さんが殺されるという事件が起きて、驚いているのです。ひょっとすると、この二つの事件は何か関係があるのかもしれません。いや、これは僕の勘ですが、奥さんお二人の様子を拝見していて、いっそうその感じを強めました。ところで、亡くなられたご主人同士——郡池さんと代田さんとは、どういうご関係なのか、聞かせていただけませんか」

一気に喋った。東京弁の早口だから、理解してもらえたかどうか、いささか不安だったが、のり子は「はあ……」と、侑城子と顔を見合わせてから言った。

「関係といっても、主人と郡池さんとは同級生だったのと、青年会議所の仲間だったことぐらいで、とくに親しかったということはなかったと思いますけど」

「同級生ですか」

「ええ、小学校から中学のときまで、何回かクラスが一緒になったそうです」

「というと、同じ学区内に住んでいたのですね？」

「ええ、主人は子供時代、南川原町《みなみかわらちよう》に住んでいましたから」

南川原町は郡池の店「ブティック・アイリス」のある双葉町に隣接する町だ。浅見は花巻市街の地図を頭に浮かべた。

「たしか、南川原町は豊沢川に面していましたね。そうすると、ご主人はその上流で亡くなっておられたわけですか」

べつに深い意味のあることとは思えなかったのだが、浅見がそう言ったとき、のり子は寒そうに肩をすくめた。

「そうなんですけど、主人はあまり豊沢川が好きでなかったみたいです。台風のたびに洪水になって、迷惑な川だったとか、悪口ばかし言っていました」

「ああ、それはうちのも同じ」

郡池侑城子が相槌を打った。

「うちの主人も豊沢川が好きじゃなかったみたい。むかしはよく遊んだのにねえ」

「うちのなんか、子どもが豊沢川へ行くって言うと、やめれって。汚いし危ないって言って怒るの。それなのに、なんで豊沢川なんかに行ったのかしら。それも真夜中に……」

さっき「呪われている」などと口走ったのは、その不可解さのせいなのか。

「ご主人の意志で行かれたのかどうか、分かりませんよ」

浅見は言った。

「は？　というと、誰かに連れて行かれたのですか？」

「そうですね、連れて行かれたか、それとも運ばれたか」

「運ばれた……じゃあ、ほかの所で殺されて、川に突き落とされたのですか？」

警察はのり子にあまり詳しい説明をしていないようだ。のり子はしだいに表情をこわばらせていった。それは侑城子も同じだ。

「もしそうだったら、うちの主人のときと、同じじゃないですか」

まるで非難するような目で浅見を見つめて、言った。

「そうですね、よく似ていますね。午後九時ごろにお出掛けになっている点も、まったく同じだし、亡くなっていたのも、川の中でした」

「そしたら、犯人は同じひと……」

侑城子が言い、のり子は「まさか……嘘でしょう」と悲鳴のような声を出した。

「警察はそんなこと、何も言ってませんよ」

「それは、いまの段階では単なる仮説にすぎませんから、警察としては何も言えないのだと思います。しかし、いずれそういう疑いをもって捜査をするはずです」

浅見は自信たっぷりに断定的な言い方をした。

「だけど、もしそれがほんとだとしたら、いったい、誰がどうしてそんな恐ろしいことをしたのですか？」

侑城子は詰問《きつもん》するように言った。のり子が怯えているばかりなのに対して、彼女のほうは事件から時間が経っている。その分、かなりショックが癒《い》えたのか、理不尽に襲いかかった不幸の真相を、積極的に暴きたい気持ちが窺える。

「それは分かりません」

浅見は首を振ったが、すぐにつづけて、

「ただ、単純な強盗や通り魔の犯行とは思えませんから、いずれにしても、お二人のご主人に対して、共通の恨みを抱く者が犯人であると考えていいでしょうね」

「そんな……うちの主人と代田さんのご主人に共通の恨みなんて……そんなものあるわけがないわ。ねえ、のり子さん」

のり子未亡人は声もなく、コックリと頷いた。

「代田さんのご主人はほんとに真面目で、お堅いひとだし、うちの主人だって、人に恨まれるような悪いことはしていませんよ。おかしなこと、言わないでくれませんか」

「すみません、お気に障《ざわ》ったなら謝ります。しかし、お二人が殺された事実は事実なのですから、何者かがお二人を恨むか憎むかしていたことも、また事実です。そのことをまっすぐに見据えないと、事件の謎は解明できません」

「それはそうですけど……」

侑城子は言い負けた恰好で俯いて、それから不安げに顔を上げた。

「そしたら、あのときうちの主人と電話で話したのは代田さんのご主人だったのかしら？」

「電話といいますと？」

「あの夜、家を出て行く前に、電話があったんです」

侑城子はそのときの情景を思い出しながら、途切れ途切れに説明した。

「なるほど、『まただよ、間違いねえ』とおっしゃったのですね？」

浅見は心をかき立てられるような興味に駆られ、思わず頬がゆるむのを懸命に堪《こら》えた。

「警察にもそのこと、話しましたか？」

「もちろん話しました。でも、何が『また』なのかは分からないのです。警察も、これだけではさっぱり分からないみたいです」

「そうかなあ……いや、そんなはずはありませんよ。警察はそれを手掛かりに捜査を進めているはずです。なにしろ警察ってとこは秘密主義ですからね」

無意識に警察の弁護をしている自分に浅見は気づいた。警察が必ずしも期待どおりに捜査を進めてくれるかどうかは、例の万年筆を無視した一件からいっても、疑問を抱かないわけにいかない。

「でも、その電話、うちじゃないと思いますけど」

代田未亡人が遠慮がちに否定した。

「郡池さんが亡くなられた晩、うちの主人と私はずっと一緒でした」

「ご自宅で、ですか？」

「いえ、花巻温泉でした。親戚が集まって宴会みたいなものがあったもんで、十時近くまでおったんでないでしょうか」

「宴会の途中、抜け出したっていうことはありませんか」

「それは、トイレへ行くくらいのことはありましたけど、座敷から電話のあるところまでは遠かったし、たぶんそういうことはなかったのではないでしょうか」

代田未亡人は暗い目を宙に彷徨《さまよ》わせて、思い出しながら言った。

「それに、うちの主人が出掛ける前にも、似たような電話がかかってきていたんです」

「ほう、どういう？……」

「三度も無言電話があって、それは私が出たのですが、四度目には主人が出て、それから間もなく主人は外出しました」

だとすると、代田聡以外にもう一人、事件の背景に関わる人物がいることになる。その人物が犯人なのだろうか？

廊下に人の気配がして、三人の新たな客が訪れた。のり子と交わす会話の様子から察すると、東京に住む親戚らしい。浅見と郡池母子はそれを汐《しお》に、なかば追い出されるような恰好で代田家を出た。

玄関先で、入れ代わりに入ってくる小林部長刑事とばったり出会った。小林は浅見と郡池未亡人の顔に、鋭い目を往復させて、「浅見さん、あんた、来ていたんですか」と詰るように言った。

「ええ、お悔やみにお邪魔しました」

「お悔やみって……そしたら、ここの家の知り合いですか？」

「いえ、そういうわけではありません」

「ふーん……ちょっとちょっと」

小林は手招きして、浅見を玄関の脇に立つイチイの木の陰に連れ込んだ。

「知り合いでもないあんたが、なんだってこの家にお悔やみに来るんです？」

「はあ、それはもちろん、故人の冥福を祈りに来たのです」

「いいかげんなこと言わないでもらいたい。ほんとうは何なのです？　犯人なら証拠隠滅のためとか、いろいろあるだろうが、まさかそうじゃないでしょうね」

「ははは、変なこと言わないでください」

「いや冗談でなく、あまりうろうろしていると、挙動不審と見て連行しますよ」

「それはむしろ望むところです」

「望むところ？　どういう意味です？」

「そういうチャンスでもないと、警察の奥深く入り込むのは難しいですからね」

「あんたねえ……」

小林はにがりきって首を横に振ったが、浅見は真面目な顔で言った。

「しかし、そうやって探り出さないかぎり、警察はちゃんとした情報を教えてくれないではありませんか。たとえば、郡池さんが誰かと電話していたことなんか、新聞もテレビも報じていませんでしたよ」

「ん？　電話？　あんた、郡池さんの奥さんから何を聞いたの？」

「事件のあった夜、出掛ける前に誰かに電話で『まだだよ、間違いねえ』と言っていたそうじゃありませんか。そんな重要な情報を知らせないなんて、フェアじゃないでしょう」

「フェア？……ばかばかしい、あんた、警察相手に試合でもするつもりかね？　警察がすべての情報を流すわけにいかないのは、あんたみたいなお節介焼きが出てきて、捜査の邪魔をするからだよ」

「邪魔じゃなく、お手伝いしようと言っているのです。警察だって、市民に協力を呼びかけているじゃないですか」

「協力ったって、殺しの捜査に協力しろとは言ってませんよ」

「そんなことはないでしょう、凶悪犯の手配書に『この顔にピンときたら一一〇番』と書いてありますよ」

「うるさいなあ、要するに警察の捜査にちょっかいを出すなと言っているのです。よろしいですね。今回はイエローカードだが、次回はレッドカードですよ」

言葉は一応、敬語を使っているが、眼はほんとうに怒っている。

2

玄関前に戻ると、郡池侑城子の姿はなく娘が残っていた。

「あ、お母さんは？」

「先に帰りました」

「そう、じゃあ、よろしく伝えてね。またお邪魔しますって」

「ええ、いいですけど」

浅見が車を停めた場所へ向かうのに、娘はついて歩いた。

「よければ車で送ろうか？」

「はい、お願いします」

娘はペコリと頷いた。なんだか最初からそのつもりでいたような感じだ。子供囃子のパレードに参加しているのだから、せいぜい中学三年ぐらいだろうか。少し痩せぎみだが大柄で、それよりは年かさに見える。

「おじさん、ルポライターなんですね」

並んで歩きながら、いきなり言いだしたので、浅見は思わず周囲を見回した。

「はは、おじさんはひどいよ。まだ若いつもりでいるんだから」

「でも三十は超えているでしょう？　だったら私から見ればおじさんです」

「まあ否定はしないけどね。しかし、きみのようなお嬢さんにおじさんと言われると、ドキッとするな。死にたいくらいだ。できれば浅見って名前で呼んでもらいたい」

もっとも、そうは言ったものの、浅見の姪の智美《さとみ》も彼女と同じ年頃で、呼ぶときはやはり「おじさん」である。世間一般では、もはやそう呼ばれても仕方のない年齢に達したということか。

「私は郡池メグミ、愛って書いてメグミというんです」

娘は言って、すぐに質問した。

「ルポライターって、いろいろ調べたり、探偵みたいなこともするんですね」

「いやいや、そんなことはしないよ」

「だけど、さっきおじさん——浅見さんが母と代田クンのおばさんに訊いている感じ、ぜったい刑事さんみたいでしたよ」

「まさか……そんなことを言うと、本物の刑事が気を悪くするよ」

「ううん、そんなことない、刑事さんより優秀だと思います。父の事件と代田クンのお父さんの事件と関係があるなんて、刑事さんは言わなかったもの」

「それはだから、警察は秘密主義だって言ったじゃない。分かっていても市民には話してくれないんだ」

「そっかなあ、ほんとに考えてないみたいでしたよ。それに、事実をまっすぐに見据えないと、真相は見えない——なんて、とてもかっこいい」

「ははは、参ったな、冷やかされているみたいだ」

車のところに来ると、愛はソアラの外観を眺め、「かっこいい」と言い、シートに身を委ねて、また「かっこいい」と言った。

「少しドライブしようか」

浅見が言うと、「ほんとですか？　お願いします」と、目を輝かせてはしゃいだ。これが若さというものだろうか、父親の死からまだ一週間も経たないというのに、あっけらかんとして見える。

薄曇りだが、車の中は温度が上がっている。浅見はクーラーが効くまで窓を開けた。少女と二人だけの気詰まりに対する配慮でもあった。

「代田さんのお宅の坊やは、きみの同級生なの？」

車を走らせながら、浅見は訊いた。

「ううん、違いますよ。代田クンとは学区が違うもの……あれ？　浅見さん知っているんですか？　代田クンを」

「いや知らないけど、さっききみが代田クンと言ったから」

「ああ、そうでしたっけ。そういうの、ちゃんと聞いているんですね。代田クンは○○中学、私は××中学だけど、文芸部同士の交流があるんです。それに、父も母も知り合い同士だし、わりと親しいんです。高校の志望もたぶん同じです」

「じゃあ、ボーイフレンド？」

「そんなんじゃないですよ。ただの文学仲間ってとこかな」

文学仲間とは、またずいぶんませた言い方に聞こえるけれど、中学校の高学年ぐらいになれば、いっぱしの文学青年気取りになれるものかもしれない。宮沢賢治が「中央公論」やエマーソンを読んだのは盛岡中学の三年のときだったのだ。

「花巻の学校の文芸部じゃ、宮沢賢治の研究なんかが盛んなんだろうね」

「ええ、盛んですよ。というより必須科目みたいな感じかな。顧問の先生自身がずっと研究しているひとで、生徒にも黙っておれについてこいみたいに入れ込んでるんです。言われなくても、みんなついて行きますけどね。賢治はやっぱり郷土が生んだ偉人だし、ほんとにすばらしいと思うもの。代田クンだって、ほんとは好きだとか言ってました」

「ほんとは好きっていうと？」

「お父さんが嫌いで、賢治の研究なんかするなって言うんです。だけど、それって変なんですけどね」

「変て？　郷土愛に欠けるとか、そういう意味？」

「じゃなくて、ほんとは代田クンのお父さんも賢治が好きだったんじゃないかなって思ったんです。なぜかというと、うちの父がよく代田クンのお父さんのことを、『あいつはほんとに毒もみの好きなやつだった』って話していましたから」

「毒もみ……というと、川に毒を流して魚をとる、あれ？」

「ええ、子どものころ、休みっていうと豊沢川に行って、宮沢賢治の真似をして、毒もみをして遊んだって言ってました。だから、けさのニュースで、代田クンのお父さんが豊沢川で死んでいて、毒を飲んでいたって聞いたとき、『えっ？』て思ったんです」

浅見はドキリとして、アクセルペダルを踏む足を、ブレーキペダルに置き換えた。

車は花巻市街を西北に出外れて、花巻温泉に近い田園を走っていた。

この辺りは、行く手の低い山地へ向かって、ほとんど分からない程度の上り勾配になっている。左右は典型的な農村地帯で、車を停めると眠たくなるような風景だ。

浅見は眠気覚ましのガムを愛に勧め、自分も口に入れて言った。

「なるほど、きみは事件のニュースから毒もみを連想したってわけか。鋭いなあ」

「べつに鋭くなくっても、そんなの、誰だって連想しますよ」

「じゃあ、代田さんが豊沢川は嫌いだというのは、ひょっとすると、毒もみで、あまりにも沢山の魚を殺したという、罪の意識からなのかな。だとすると、代田夫人が『呪われている』って言っていた言葉の意味が現実性を帯びてくる」

「魚の呪いですか？　まさか……もしそうだとしたら、うちの父だって呪われて死んだということになるじゃないですか。父も一緒に毒もみして遊んだ仲間なんだから。それに、やっぱり豊沢川を嫌っていたし」

「ふーん、子どものころお世話になった豊沢川を、そんなに嫌っていたなんて、ずいぶんおかしな話だねえ」

浅見はふたたび車をスタートさせた。

「少なくとも子どものころは、豊沢川もそれに宮沢賢治も好きだったきみの父さんや代田さんが、いまはそのどちらもすっかり嫌いになってしまったわけか……」

ふたたび車を走らせると、まもなく行く手の山あいに、背後の山々と競うように立ち並ぶ宏壮なビル群が迫ってきた。

「あれが花巻温泉か」

浅見は少し驚いた。想像していたより、はるかに大きそうだ。町並みに入るとすぐ、歓迎のアーチの下を潜《くぐ》る。

「花巻温泉」というと、「伊東温泉」や「伊香保温泉」のように、温泉郷の総称に思われがちかもしれない。ゲートから先の谷間の盆地のような場所に、和風洋風の大型ホテルが六、七棟点在しているのを見ても、そんな印象をうける。しかし、じつは「花巻温泉」はそれ自体が一つの会社であって、敷地も建物群も、すべてが「花巻温泉株式会社」の所有なのだ。

広大な盆地は樹木の一本一本にまで手入れの行き届いた、桃源郷のような別天地である。少しおもむきは異なるけれど、長崎の「ハウステンボス」、宮崎の「シーガイア」のようなテーマパークを連想させる。つまり、高度に洗練された温泉旅行を満喫できる一大テーマパークといったところだ。

ただし、ホテル群はどれも高級で、浅見のようなしがないルポライターには縁がない。浅見はゲートを入ったところで車を回し、花巻市街へ引き返すことにした。

「むかしは、花巻温泉まで来る電車が走っていたんですよ。ほら、あそこにサイクリングロードがあるでしょう。あれがレールだったところです」

愛が指さした道路の左手に、並行して細い道がつづき、サイクリングを楽しむグループが擦れ違って行った。

「むかしって、いつごろのこと？」

「さあ、私が生まれるずっと前です。このあいだ、父と仲のいいお友達の方が高校生のころ、電車通学していたっていう話をしてたから、そんな大昔じゃないと思いますけど」

「というと、少なくとも二十七、八年前までは電車が走っていたんだね。いい風景だったろうなあ」

稲穂が揺れる田園を、古びた電車がのんびり走る風景が思い浮かんだ。道路と車の発達で消えてゆかざるをえなかったのだろうけれど、なんだか惜しい気もする。

「そうそう、きみは今夜のパレードにも出るんでしょう?」

時間を気にして、訊いた。

「ええ、出ます。家に帰ったらすぐに支度しなくちゃ」

「お父さんがあんなことになって、お祭りには参加しないのかと思ったけど」

「そうかなあ……父のことは悲しいけど、家でじっとしていると、もっと悲しいと思います。太鼓を叩けば、父もきっと喜ぶんじゃないでしょうか。母もそう言ってます」

「そうだね、それがいいね」

天国の父親に届けとばかりに撥《ばち》を振るうのだろうか。二人の胸にそれぞれの想いが去来して、しばらくは会話が途切れた。

ゆるやかな下り坂の行く手に、東北自動車道が横たわって見える。雲の上で陽はかなり傾いたのか、遠くの山並みは墨絵のようにねずみ色の夕霞《ゆうがすみ》の中に溶け込んでいる。

「もしかすると……」と、愛はポツリと言った。

「父は今度のこと、予感していたのかもしれません」

「ほう、どうして？」

「事件の三、四日前、幽霊を見たって言ったことがあるんです」

「幽霊……誰の？」

「分かりません。電話でそう言っているのを聞いただけですから。廊下で、通りすがりに聞いたんです。ボソボソした喋り方だったけど、たしかに『幽霊』って言ったように聞こえました。そのときはずいぶん変なことを喋っているなって思っただけで、それっきり忘れてました。だけど、今度、殺される直前に誰かに電話で『まただよ』って言っていたって母に聞いて、また幽霊を見たのかなって思いました」

「その話、お母さんにした？」

「ええ、しました。もしかしたら、幽霊を見たっていうのが、自分自身に死の影が迫っている予感だったのじゃないかって。でも、母はそんな気味の悪い話はしないでくれって。だから、刑事さんが来たときも黙っていました。言っても相手にされなかったでしょうけど」

「そう、幽霊ねえ、何のことだろう？」

浅見は飛行機の次に幽霊やお化けのたぐいが苦手だ。殺人鬼なら、とりあえずドアをロックしておけば防げるが、幽霊はどこからでも入ってくる。夜中にトイレのドアを開けたら、目の前に得体の知れぬモノが立っていた――なんていうのは、これは怖い。

もっとも、怖がる反面、その存在を信じているわけではない。矛盾しているようだが、いわばこれは「心の遊び」のようなものだ。占いだって、必ずしも信じてはいないが、二者択一に迷っている場合など、硬貨の裏表で判断するよりは、「神様のお告げ」のほうがなんとなく信頼できる気になれる。これもまた「心の遊び」といっていい。

余談だが、世の中には「心の遊び」をムキになって真実だと思い込むひとがいる。遊びと割り切っているうちはいいけれど、占いを信じ、幽霊の存在を信じ、輪廻転生を信じ、あげくのはてにはハルマゲドンなどという妄想まで信用する。全財産を御布施すれば世の破滅から生き残れる――などと思い込む人々をわらっているわれわれ自身も、どこかにそれに近い「妄想」の種を抱えていることを思わなければならない。

郡池充が「幽霊を見た」と言ったのは、現実に幽霊を見たはずもないのだから、何かの比喩として言ったものと考えるべきだろう。通常、「幽霊のような」といえば、見るかげもなく、別人のように痩せ衰えた人のことを指して言った場合とか、あるいは、とっくに死んだと思っていたくらい音信の途絶えた人物が、こつぜんと現れたような場合に使う表現だ。

それと、郡池が事件当夜に「まただよ」と喋っていたことを思い併せると、後者の場合――音信不通で、ほとんど生死も不明だった人物が不意に現れた。それも二度も――という状況が想像できる。

「警察にその話、してもいいかな」

浅見は軽い口調で言った。

「いいですけど、笑われませんか」

「そうね、笑い話として言ってみるのがいいかもしれない。そうすれば、きみが刑事に隠していたことにもならないしね」

「あ、そうですよね」

愛は頷いたが、浅見にはこの問題が笑い話どころでない、重大な発展性のあることになりそうな予感があった。

3

郡池愛を送り届けてからホテルに戻り、浅見はワープロを打った。花巻祭りの取材日程は、あと明日一日を残すのみである。しかし、思わぬ事件に巻き込まれて、予定どおりに帰京できるかどうか、怪しくなった。

もっとも、巻き込まれたのはあくまでも浅見の勝手であって、さっさとケリをつけて引き上げるのも自由だ。だが、たぶんそうはできないであろうことも、浅見自身がよく分かっている。これはとにかく、ただの（つまらない）殺人事件ではないのである。

愛が「幽霊」と言ったときは、浅見は内心ドキッとくるものがあった。幽霊に驚いたわけでなく、事件の背景に幽霊が登場するようなシチュエーションがあるという、その奥行きの広さ深さにゾクゾクッときた。

浅見がいかに「事件好き」だからといっても、単なる盗み目的の犯罪や、よくニュースに登場する「カッとなって」起こす殺人などには、まったく興味がない。とにかく人間関係が複雑で、得体が知れない謎に満ちているような事件であってもらいたい。それにプラスして、歴史や伝説めいたものが絡んでいれば、まず申し分ない。抑えがたい好奇心を抱いて、たとえどんな遠隔の地であろうと、ソアラを駆って飛んで行くのだ。

花巻で遭遇した二つの殺人事件は、めったにお目にかかれない「怪事件」を予感させるものがある。被害者の二人が、小中学校時代の同級生であり、青年会議所でも仲間だったことは、ただの偶然とは思えない。二人が二人とも、「他人に恨まれるようなひとではない」と、周囲の誰もが太鼓判を押している点もただごとではない。

しかし、それだけならまだしも、もっとも気になるのは、二人に与えられた死に場所の舞台設定の奇怪な符合だった。

そのことに浅見が気づいたのは、愛が郵便局長の事件の話をしていて、「毒もみ」のことを言ったときである。

――父はよく、代田クンのお父さんのことを、「あいつはほんとに毒もみの好きなやつだった。子どものころ、休みっていうと豊沢川に行って、宮沢賢治の真似をして、毒もみをして遊んだ」って言ってました。――

愛はそう言って、「鋭い」と感心した浅見に対して、その程度の連想は誰だってすると言った。むろん地元の人間であり、宮沢賢治に精通している――という条件づきのことだろう。その証拠に、浅見はまるっきり連想しなかったのだから。

たしかに、愛が指摘したとおり、代田がその大好きだった豊沢川で、大好きだった

「毒もみ」の被害者となって死んでいたのは、なんとも皮肉だが、そのことと、郡池充が宮沢賢治ゆかりの「イギリス海岸」で死んでいたことを思い併せると、これまたただの偶然なんかではないような気がしてくる。代田未亡人が「呪い」と言ったのも、あっさり笑い捨てるわけにいかない。

そればかりではない。愛は父親が電話で「幽霊を見た」と言っているのを聞いたというのだ。しかも、侑城子が聞いた事件当夜の電話では、郡池は「まただよ」と強調している。それがはたして「また幽霊を見た」ということなのかどうかは分からないが、いろいろ思い併せると、一つ一つ、すべての事柄が縦糸横糸となって絡み合い、事件の背景を織りなし、彩っているのではないかという気がしてくる。

「イギリス海岸」「豊沢川」「毒もみ」ときて、あと「銀河鉄道」でも出てくれば、これはもはや宮沢賢治の世界そのものだ——などとばくぜんと考えていて、浅見はいやな予感に襲われた。二度あることは三度あるともいう。三度めの事件は「銀河鉄道」か……。

血なまぐさい凄惨な光景が脳裏に浮かびかけた。浅見は慌ててかぶりを振って、妄想にとらわれないうちにと部屋を出た。

暮れなずむ街では祭りの賑わいが始まっていた。通りのかなたに行列の先頭が見える。その方角へ急ぐ人々に背を向けて、浅見は殺風景な警察の玄関へ向かった。

開けっ放しの玄関を入りかけたとき、目の前に小林部長刑事の姿があった。書類入れを小わきに抱えている。

「あ、お帰りですか。早いんですね」

浅見が声をかけると、小林は「またあんたか」という顔を露骨に見せ、足を停めずに街に出た。

「たまには早く帰らないとね。といっても、それほど早くないでしょう。これでも一時間の超勤ですよ。引っ越してきたとたん、今度の事件が起きて、家でゆっくり晩飯を食ったこともないんですから」

「ちょっとお耳に入れたいことがあるのですが」

浅見は小林に肩を寄せるようにして歩きながら言った。

「はあ、何です？」

小林はどこまでも愛想がない。かなりの大股でせかせかと歩く。

「あのあと、郡池さんの娘さんから、面白い話を聞きました」

「ん？　あんた、まだやめてないの？　だめだよ。言ったでしょうが、この次はレッドカードだって」

「まあまあ、世間話をしたようなものですから」

浅見は小林を宥《なだ》めて、郡池愛から聞いた「幽霊」の話をした。

「幽霊ねえ、あははは……」

小林は案の定、大口を開けて笑った。しかし、横顔を覗き込むと、眼は笑っていない。「幽霊」と聞いて、小林もまた何かを感じたにちがいない。しかし浅見は、さりげなく苦笑いしながら言った。

「ああ、やっぱり笑いましたね。郡池夫人も娘さんに、笑われるのがオチだから、刑事さんには喋らないほうがいいと言ったのだそうですよ。僕みたいな素人には面白いけど、専門家にはばかばかしい話でしょうね」

「まあ、そうですな」

小林は顎を撫でてそっぽを向いた。

「しかし、せっかくの面白い話ですからね、警察が相手にしなくても、僕が調べるって約束してきました」

「だめ、だめだよ浅見さん」

小林は怖い顔を振り向けた。

警察の寮は歩いてほんの十分ほどのところであった。二階建ての民間のアパートを借りたという、あまり上等でない集合住宅だ。小林は建物の前で立ち止まり、どうしようか迷ったあげく、「ちょっと寄って行ってくれませんか」と言った。

「しかし、夕食の時間ですから」

「いや、そんなのはいいから、ちょっと寄ってください。そうだ、なんなら晩飯を一緒にどうです？　女房の手料理じゃ大した物はないが、実家からキンキの一夜干しを送ってきたのがあります。これは旨《うま》いです」

「キンキですか、いいですねえ」

浅見はすばやく考えた。三陸名物キンキの一夜干しの魅力には勝てそうにない。緊縮財政の折から、どうせどこかのレストランに入ったところで、カレーライスぐらいの予定だった。それより何より、一食分の経費節減はこの際、ばかにならない。

「ご馳走になります」

頭を下げて、小林のあとにつづいた。

小林がドアを開け、「おーい」と呼ぶと、「お帰りなさい」と若やいだ声と一緒に夫人が出てきた。「早かった……」と言いかけて浅見の存在に気づき、「あら」と目を丸くして頭を下げた。

「お客さんだ。東京のルポライターさん」

「あ、そうなんですか。警察の同僚の方かと思いました」

「ばか、警察にこんないい男はいねえべ」

「それはそうだけど」

三人が声を揃えて笑いだした。

小林は夫人を「文子です」と紹介し、文子がキンキを焼くあいだ、テーブルに着いてビールを勧めてくれた。浅見はそれほど飲めるわけではないが、渇いた喉にビールはしみ入るように旨かった。

「さっきの幽霊の話ですがね」

小林は少し声の調子を落とししぎみに言った。仕事の話は夫人に聞かせたくないらしい。もっとも、この部屋はいわゆる1DKというタイプで、食卓とキッチンのあいだには仕切りがないので、会話は筒抜けだ。キンキを焼く匂いも部屋中に立ち込め、すきっ腹を刺激する。

「それ、ひょっとすると重要な手掛かりになるかもしれねえすな」

ビールの泡が口許についているのに気づかないほど、真剣に言った。

「ええ、そう思いました。幽霊のような——という言葉は、一種の比喩として言ったのだとすると、思いがけない人物、死んだとばかり思っていたような人物が、とつぜん現れた——といったことを想像させます。それと、郡池さんの奥さんが聞いた、『まただよ、間違いない』という言葉を思い併せると、これは無視するわけにいきません」

「そうですなあ……」

キンキが焼けて、大きな皿に載って運ばれてきた。タテヨコ三十センチはある大きなヒラキだ。ふっくらした身から、脂《あぶら》がジュージューと音を立てて皿の上に流れ落ちる。


「いやあ、たまりませんねえ」

浅見は口の中に溜まった唾を飲み込んで、思わず満面に笑みが浮かんだ。

「ははは、そんなに喜んでもらえると、張り合いがありますな」

小林と文子夫人はおかしそうに笑う。

しばらくは箸を使うのに忙しくて、会話が途絶えた。

「たしか、浅見さんは花巻祭りの取材でこっちに見えたと聞いたが、ほんとのところはどうなんです？」

小林は訊いた。

「ほんとも嘘もありません。花巻祭りの取材が目的です」

「しかし、話を聞くと、どうも事件記者みたいに思えてなんねえのですがねえ。それもかなり優秀な、です」

「とんでもない。ほんとに旅行ネタの記事を書く、つまらない仕事ばかりですよ。ただ、ミステリーが好きですから、謎めいた事件には興味を惹かれます。今度の二つの事件のようなのになると、黙って見過ごすわけにいきません」

「うーん、どうも困った性格ですねえ」

「僕もそう思いますよ。とくにうちの連中は困っています」

「そういえば、浅見さんは家では『坊っちゃま』と呼ばれているのですね」

「えっ、どうしてそれを？」

浅見は驚いた。

「このあいだ、浅見さんの居場所を訊くために、お宅に電話したら、お手伝いさんが出てそう言ってましたよ。いまどき坊っちゃまとは珍しいと思ったですがね」

小林に冷やかすように言われて、浅見は赤くなった。

「へえー、坊っちゃまって呼ばれているんですか。じゃあ、浅見さんのお宅はすごい上流家庭なんですね」

文子が尊敬の眼差しで言った。

「とんでもない、うちは父親も兄もただの公務員。僕にいたっては、何年経っても居《い》候《そうろう》暮らしから脱出できない、うだつの上がらないフリーライターです」

「あら、そしたら、うちと同じだわ。主人は警察官だし、主人の父だって市役所に勤めていますしね」

文子は頼もしそうに夫を見やった。

「ばかだな、公務員といったってピンからキリまでだ。田舎警察の刑事なんかじゃ自慢にもならねえ」

「そんなことないわよ、ねえ浅見さん」

「もちろんです」

「浅見さんのお父さんとお兄さんは、どこにお勤めですか？」

「父はとっくに亡くなりました。兄は……まあそんなことはいいじゃありませんか」

浅見は慌てて、言葉を濁した。

4

「それより小林さん、事件捜査のことですが、被害者の交友関係については、調べが進んでいるのですか？」

「まあひととおりは当たっていますよ。とくに郡池さんのほうは、ほとんど主だったところは完了しました。代田さんのほうはまだこれからですがね」

「状況からいって、犯人は二人の被害者の共通の知り合いである可能性が強いと思うのですが」

「さあ、それはどうかなあ。そう断定してしまうわけにはいかんでしょう」

「いや、僕はそう思います。絶対にそうだと思いますよ」

「ははは、そんなに簡単に決めることができれば、苦労はないんですがねえ。事件捜査はそう単純にはいきません」

部長刑事は素人の軽率を窘《たしな》めるように、鷹揚《おうよう》な口調で言った。

「それはそうかもしれませんが、たまには単純に決めてかかったほうがいい場合もあるのじゃないですか。今回など、まさにそのケースだと思います。現場の状況もよく似ているし、二人とも電話で話していた直後に、それも同じ午後九時過ぎごろに家を出ている。おまけに年齢も同じなら、生まれた土地も学校も一緒というのは、ただの偶然とは思えません。犯人も、それに動機も、共通していると考えるのが当然ではないでしょうか」

「しかし、だとすると浅見さん、犯人はその二人を二人とも、殺したいほどの恨みを持った人物ということになりますよ。ところが、誰に聞いてみても、被害者の二人は他人に恨まれるようなことなど、まったくないと言うのだからねえ」

「それは現時点でのことでしょう。以前はどうか分かりませんよ。十年とか二十年とかむかしに、何か恨まれるようなことをやっているのかもしれない。被害者の二人は五、六年前までは同じ青年会議所の幹部だったのですから、そのころに何かあったとかです。『幽霊を見た』と言っていたことからも、その可能性があるのじゃないですか」

「もちろん、そういう可能性も含めて捜査はしていますよ。しかし、二人ともいまもむかしもきわめて評判がいいのです。第一、郡池さんはブティック経営、代田さんのほうは郵便局長ですからね、利害関係の点ではまったく接点がない上に、どっちも人当たりはいいし、敵のない性格みたいですよ。とくに代田さんは町の福祉関係の仕事をボランティアでやっている人格者だ」

「小林さん」

浅見は首を振り振り、悲しそうに言った。「なんだか、小林さんの話を聞いていると、郡池さんと代田さんが殺されたのは、夢か何かだったような気がしてきますね。失礼ですが、小林さんはいちばん肝心なことを忘れているのじゃありませんか？」

「は？　何ですか、肝心なことって」

「たとえ人格者でも、どんなに評判がよくても、どんなに人当たりがよくても、二人が殺されたという事実は事実として、動かしがたいということです。それはつまり、見かけや評判だけでは分からない動機が存在したということを意味しています」

「そんなことは分かってますよ」

小林は口を尖らせた。

「だったら、何の迷いもなく、二人に共通した殺意を抱く人物を追及すればいいのではありませんか」

「もちろんそれを含めて、警察は捜査していますよ。だからこそ、二つの事件であるにもかかわらず、捜査本部が一つにまとまっているわけで……それとも浅見さん、そこまで言うところを見ると、あなたは何か知っているんでないですか？」

小林は刑事特有の鋭い目を浅見に向けた。「いえ、何も知りませんが、ただ一つだけ気になっていることがあります」

「何です、それは？」

「二人の被害者が事件直前に電話していた人物のことです」

「ああ、その人物については警察も重大な関心を持っていますよ。現時点ではもっとも臭い人間ですからね。同一人物かどうかは不明だが、いずれにしても、被害者と親しい付き合いがあった人物だと考えられる。だのに事件後、何の連絡もしてこないのは大いに怪しいです」

「連絡をしてこない理由ですが、警察はどう考えているのでしょう？」

「もちろん、そいつが犯人である可能性が強いと考えていますよ」

「そうすると、もう一人の関係者の存在はどう説明するのですか？」

「もう一人の関係者？　誰のことです？　そんなやつがいましたかね？」

「ええ、いますよ、幽霊が」

「幽霊？」

「郡池さんが見たという、幽霊です」

「なんだ、ははは、そのことですか。いや、そんなものはまったく考えていません。もっとも、その話はさっき聞いたばかりですけどね」

「しかし、幽霊がいたことは認めないわけにいかないでしょう」

「うーん、幽霊ねえ……幽霊が犯人というのは、話としては面白いかしれないが、ホラー映画じゃあるまいし。それより、電話の相手を特定することのほうが確実でしょう」

「そのためにも、幽霊の正体を解明すべきではありませんか」

「解明するって、幽霊みたいな、それこそ影も形もない物を、どうやって解明できるんです？　それとも浅見さんに妙案でもあるんですか？」

「ないこともないですが……」

「ほうっ、妙案があるのですか？　だったらぜひ教えていただきたいものですなあ」

小林はからかうような口調で、笑いながら言った。

「解明する鍵は……」と、浅見は少し言い淀んでから、照れくさそうに言った。

「宮沢賢治じゃないかと思うのですが」

「は？……」

小林は何か聞き間違いかと思ったらしい。目と口を大きく開けて、浅見の顔を覗き込んだ。

「妙案というより妙ちきりんな発想かもしれませんが、二つの事件の接点に宮沢賢治が関係しているような気がしてなりません」

「宮沢賢治って、あの宮沢賢治ですか？」

「ええ、あの宮沢賢治です」

「マジで？」

「まじめです」

いったん怖い顔をした小林は、急に弾《はじ》かれたように笑いだした。

「ははは、何を言うのかと思ったら……いや、自分は一瞬、てっきり共犯者の名前かと思ったですよ。しかし、たとえ同姓同名でも宮沢賢治が共犯だったら、けっこう話題にはなるでしょうな。ははは……」

さんざん笑われながら、浅見はずっと平静な表情のままでいた。やがて小林もそれに気づいて、スーッと白けた顔になった。ビールの酔いも消えたらしい。

「マジで宮沢賢治とは……どういう意味です、浅見さん？」

「郡池さんが殺されていたのは『イギリス海岸』だったでしょう。代田さんは宮沢賢治ゆかりの豊沢川で、しかも毒殺された。郡池さんの娘さんが、そのことから『毒もみ』を連想したと言ってました。じつに鋭い発想で、僕はやられたと思いましたよ」

「ちょっとちょっと、待ってくれませんか。その毒もみっていうのは、何です？」

「えっ？　小林さんは毒もみを知らないんですか？　驚いたなあ、岩手県のご出身じゃないんですか？」

「もちろん、岩手県ですがね」

「だったら知ってるでしょう。毒を川に流して魚を獲る遊びです。宮沢賢治の作品に『毒もみのすきな署長さん』というのがあるじゃないですか」

「いや……」

小林は憮然として首を横に振った。

「自分は宮沢賢治のことはよく知らねえですよ。毒もみとかいうのも知らねえす。文子は知っていたか？」

「ううん」

小林夫人もかぶりを振った。

「自分も女房も久慈の出身ですからね、宮沢賢治も読まねえし……しかし、そうでしたか。『毒もみのすきな署長さん』というのがあるのですか。殺された代田さんは郵便局長さんだけどね」

「そういうふうにこだわって考えると、豊沢川の現場も意味がありそうに思えてきます。いまは埋め立てや護岸工事で様相が変わってしまったかもしれないが、たぶん、その辺りはむかし『さいかち淵』と呼ばれていたところですよ。賢治の作品にはよく登場してくる名前です」

浅見は勢い込んで解説したが、小林は理解に苦しむ——というように首をかしげた。

「さいかち淵だか何だか知りませんがね、いや、自分は宮沢賢治のことはあまりよく知らないが、多少の共通点があっても、無理やり結びつけて考えることはないんでねえすか。だいたい、花巻はどこへ行っても宮沢賢治に関係したところばかりで、余所者の自分なんかはうんざりするくらいです」

「しかし、一応、調べてみる価値はあると思いますが」

「それはまあ、調べてもいいが……しかし、捜査会議の席上、幽霊だとか毒もみだとか言いだしたら、主任さんに笑われるか、下手すると頭から怒鳴られそうな気がしますね」

「そんなことはない。ぜったい調べる価値はありますよ。僕の勘からいっても、間違いありません」

「勘ですか……ははは、浅見さんは顔に似合わず古臭いことを言いますね。勘だとか第六感だとかいうのは、最近はよっぽど年寄りの刑事でもないかぎり流行《はや》らないですよ」

「そうかなあ、僕は勘こそ捜査の第一要件だと思っていますが」

「それにしても幽霊に毒もみじゃあ」

「そうかしら」と、脇から文子夫人が口を挟んだ。

「私は浅見さんがおっしゃったこと、なんとなく信じられるけど」

「やめてくれって。刑事の女房がそういう非科学的なことは言わねえの」

「いや、これは科学的ですよ」

浅見は夫人の援護に気をよくして、少し声を張って言った。

「ここまでいろいろな要素が宮沢賢治に関係していれば、ただの偶然や思いつきだけで片付けられないと思います」

「だけど、偶然でないとすると、浅見さんは宮沢賢治がどうしたと考えるのですか」

「それは分かりませんが、たとえば、犯人は宮沢賢治の熱烈なファンであるとか」

「賢治のファンであれば、賢治を冒瀆《ぼうとく》するようなことはしねえでしょう」

「だったらその逆かもしれない。どっちにしても、病的なほど宮沢賢治にこだわって、賢治の世界を演出したい人間であるのかもしれませんよ」

「殺人を犯してまで、宮沢賢治の世界を演出しようというのですか？　そんなことが殺しの動機になりますかね」

「まさか……殺人の動機は怨恨でしょう。しかし単純には殺さない。一種のマニアというか、偏執狂的なところがある人間にちがいありません」

「うーん……しかし、それはすべて浅見さんの仮説が正しいと仮定した場合のことでしょう。自分はそんなことはない、単なる偶然の符合だと思いますよ。いや、捜査本部の誰に訊いたって、同じことを言うに決まっていますね。嘘だと思ったら、誰かに訊いてみたらどうです」

「たしかに」

浅見は仕方なく頷いた。

「小林さんが違うと言えば、ほかの誰に訊いても相手にされないでしょうね。失礼ですが、小林さんはヒラの刑事さんではなく、頼りがいのある部長刑事さんで、しかもずいぶんお若い。柔軟な考え方のできる方だと思います。だからこそ僕は小林さんにお話しすることにしたのです」

「ははは、そう煽《おだ》てられると困るなあ。自分など、ただの若造ですよ。それに、捜査本部には県警捜査一課のベテランが大勢来ていて、所轄の刑事なんかに発言のチャンスはほとんどありません。せいぜい聞き込みに走り回るぐらいかな。まあ浅見さんがせっかく言うのだから、一応、話してはみますけどね。しかし、相手にされないだろうなあ、幽霊と毒もみでは……」

小林は最初から悲観的だ。本人がそれでは、捜査本部の趨勢《すうせい》を動かすどころではないだろうな——と浅見は思った。

「小林さんにお願いするだけでなく、僕ももう少し調べてみるつもりです」

「えっ、いや、浅見さん、それはやめたほうがいいって言ったでしょう」

小林はまた頭の固い警察官の顔になった。

「うちの署長も、それに県警の主任さんもマスコミ嫌いですからね、捜査にちょっかいを出したりすれば、公務執行妨害でパクリかねませんよ、ほんとに」

まんざら脅しでもないような口ぶりだ。

「しかし、せっかくこうして事件に関わったのですから、このまま知らん顔して引き上げるわけにいきません」

「せっかくって……だけど、浅見さんは事件物は扱わないんではないですか」

「ええ、記事にするつもりはありません」

「だったら何でまた、そんなに熱中するのですか。べつに金になるわけでもないのに」

「うーん……そう訊かれると困るのですが、そこに山があるから登るっていう、そんなものかもしれません」

「そしたら、まるっきり趣味とか好奇心みたいなものでないですか。警察の人間としては、一般人にそういうことで事件捜査を邪魔されたくねえですなあ」

小林はますます難しい表情になる。

「邪魔はしません。それに、僕のほうも東京で予定が待ってますから、そんなにのんびりしていられないのです」

「というと、いつまでいるつもりですか」

「ほんとうは祭りが終わる明日いっぱいで東京へ引き上げる予定でした。せいぜい延ばしても、あと三日か四日。それ以上はふところのほうもつづきません」

「だったら、さっさと帰ったほうがいいですよ。第一、三日や四日で片づくヤマじゃないんだから」

「片づかないまでも、目鼻ぐらいはつけないと、帰るに帰れないのです」

「目鼻って……冗談でしょう。目鼻だってつくはずないですよ。浅見さん、あんた、事件捜査をラーメンの出前ぐらいに考えているんではないですか？」

ラーメンの出前とは、うまいことを言うな――と感心したが、小林部長刑事は大まじめで呆れているのだった。

「分かりました。とにかく僕は僕なりの方式で調べることにします。奥さん、とつぜん伺ってどうもご馳走になりました。キンキの味は一生忘れません」

浅見は立ち上がった。小林も慌てて腰を浮かせながら言った。

「ちょっとちょっと、浅見さん、調べるって、何をどう調べようっていうんですか？」

「それは企業秘密です。いずれにしても警察の邪魔はしませんから」

もういちど夫人に頭を下げて、浅見は玄関へ向かった。

第四章　復讐する少女

1

捜査会議で「幽霊」や「毒もみ」の話をするべきか否か、小林は最後の瞬間まで迷っていた。もしも会議が豊富な議題や意見で沸騰《ふっとう》していれば、小林はそんな余計な発言をするチャンスさえなかったのだ。

会議は沈滞ムードそのものだった。代田郵便局長の事件はまだ初動捜査段階だからいいとして、第一の郡池充殺害事件のほうは、発生からはすでに一週間経過した。連日、百人体制でつづけられている捜査は、呆れるほどに収穫がなかった。めぼしい手掛かりはまったくといっていいほど出てこない。鑑識や解剖所見、それに被害者の身上調書や縁故者、友人・知人等の証言集――といった型通りの報告を書類にまとめて配付されてあるのを、ただ虚《むな》しく眺めているばかりである。

「どうなっているのかね」

当然のことながら、葛西警視は機嫌が悪かった。

「丸々一週間、聞き込みに動き回って、目撃情報もなければ、動機につながるようなトラブルはおろか、恨みを抱いていそうな交友関係も出てこないなんてばかなことがあるか。いったいきみらはどこをほっつき歩いているんだ？」

そう叱咤されても、捜査員の反応はまったくない。郡池の周辺をいくら洗っても、殺人に結びつくようなトラブルは見つからないのだ。

「かりにも善良な市民が殺されたんだぞ。状況からいって通り魔や行きずりの犯行とは考えられない以上、理由も動機もあるはずだ。犯人はむろん、被害者をよく知っている人物といっていいだろう。代田さんのケースも、いままでのところきわめて類似している。同一犯人である可能性も大きいと考えるべきだろう。そこまで分かっていて、どういう事件なのかさっぱり見当もつかないとは……どうなんだい、推理でも仮説でもいいから、何か考えられないのかね」

いくら捜査主任がいきり立ってみたところで、直属の部下である県警捜査一課の猛《も》者《さ》たちが沈黙しているのだから、所轄の花巻署の刑事たちは、一様にシュンとなったままだ。顔を俯けて、テーブルの上の書類の文字を、読むでもなく数えている。

「あのォ……」

小林は少し首を伸ばすようにして、おそるおそる言い出した。

「なんだい、えーと、小林君だったね」

「はい小林であります。ちょっと思いついたことがあるのですが」

「ほう、なんだい？　言ってみたまえ」

「はあ……ただ、これはあまりにもばかげた着想でありまして……」

「そんなことは気にしなくてよろしい。この際、何でもいいから考えを述べることが重要なのだ。早く言いなさい」

「それでは申し上げますが、じつは、今回の二つの事件について、奇妙に共通した点があるように考えるのです」

小林は浅見光彦からの受け売りを一つ一つ思い出しながら開陳した。イギリス海岸、豊沢川、さいかち淵……辺りまではよかったのだが、毒もみ、幽霊ときて、捜査員たちから失笑が洩れた。小林は内心（やっぱり――）と思いながら、しかし言い出した以上、冗談と受け取られるのは具合が悪いので、ひときわ声を張り上げて言った。

「要するにです、犯人は宮沢賢治にこだわりを持つ偏執狂的な人物ではないかと……」

「小林君」と葛西警視が手を上げて、小林の饒舌《じようぜつ》を制した。

「それはきみの意見かね」

「は？……」

「いや、きみが一人で考えたことかと訊いているのだ」

「は、いえ、じつはですね、ある人がそういうことを言っていたもので、自分も半信半疑ではありますが、そうかなと……」

「だろうね」

葛西は満足そうに頷いた。

「きみのようなスタンダードな警察官が、そんなおかしなことを考えるはずがないと思ったのだ。いったい誰の入れ知恵だ？」

「あるフリーのルポライターであります」

「ルポライター？　きみはそんなやつに捜査情報をリークしているのか？」

葛西は険しい顔になった。

「いえ、とんでもありません、そんなことはしておりません。先方から接近してきて、自分にそういう話をして、ぜひとも捜査会議に諮《はか》ってくれるようにと」

「何を言っているんだ。いやしくも部長刑事ともあろう者が、そんなやつの言いなりになって捜査を攪乱《かくらん》させて、それできみは何とも思わないのかね」

「攪乱しようなどとは……」

「現にこうして攪乱しているじゃないか」

葛西は怒鳴った。小林はムッとしたが、黙るほかはない。

「そいつの素性は分かっているのか？　そのルポライターとかいうやつの」

「はい、名刺をもらっておりますので」

手帳に挟んでおいた名刺を抜いて、葛西に差し出した。

「名刺をもらって、それで素性が分かったつもりでいるのかね」

「申し訳ありません、すぐに裏を取るようにします」

「いいから、きみは余計なことに手を出さずに、まともな捜査に専念したまえ」

葛西警視は、ひったくった名刺をシャツのポケットに突っ込むと「解散」と宣言して立ち上がった。

（だから言わないこっちゃねえ——）と、小林は腹の中が煮えくりかえるようだった。居並ぶ刑事たちの面前で、いい恥をかかされたものである。

「あんちきしょう、キンキの食い逃げをしやがって……」

八つ当たりぎみに呟いた。会議室に一人だけ残って、心配そうに小林を見つめていた部下の新山刑事が、自分が叱られたのかと思ったのか、「は？」と首をすくめた。

「いや、きみのことじゃないよ」

小林は苦笑して刑事課に戻った。デスクの警部補が「なんか知らねえが、主任さんに怒鳴られたんだって？」と、半分慰め顔、半分は面白そうに寄ってきた。

「ええ、やられましたよ。自分としては、何でもいいから意見があったら言えというので、それに従ったまでですが」

その点は腹に据えかねるが、しかし、元を質《ただ》せばあんなキンキ野郎に乗せられて、おかしな発言をした自分がばかだったのだ。今度顔を見たら、頭から文句をぶつけて、鬱憤《うっぷん》を晴らさなければ——と思った。

午前中、小林はいつもどおり新山を連れてほとんど惰性的に街を歩き回り、聞き込みをつづけたが、収穫はゼロ。朝っぱらから不愉快な目に遭《あ》っているだけに、気分はますます落ち込むばかりだ。もっとも、街は祭りの最終日とあって、やけっぱちのように盛り上がっている。刑事が辛気臭い話をしかけても、まともに相手をしてくれなかった。

正午を少し回って署に戻った。刑事課のドアの前に葛西警視が佇んでいるのが見えた。(いやだな——)と思ったが、まさかUターンをするわけにもいかない。卑屈に見えない程度に軽く会釈して、ドアを入ろうとすると声がかかった。

「やあ、小林君、飯はまだかい? だったら一緒にどうだ」

小林は耳を疑った。これが葛西警視の口から出た言葉だとは信じられない。

「はあ、それは、いや、はい……」

意味不明のことを呟いていると、葛西はじれったそうに小林の腕を掴み、容疑者を連行するような強引さで階段の方角へ引っ張った。部屋の奥からデスクの警部補が気の毒そうな目でこっちを見ているのが、チラッと視野に入った。

葛西は小林を先導するような恰好で、大股に街へ出て行った。行きつけのレストランもそば屋も中華料理店も通り過ぎ、ふだんは行ったこともないホテルグランシェールのレストランに入った。あのキンキ野郎をとっ捕まえる気かと思ったが、そうではなく、純粋に食事が目的らしい。考えてみると、葛西警視は浅見がここに泊まっていることを知らないはずであった。

「ランチでいいね」

葛西は勝手に決めて、さっさとステーキランチを注文している。千八百円也はかなりダメージの大きい予定外出費だが、小林は反射的に「はい」と頷いた。

「けさの会議のことだけどね」

注文を終え、グラスの水をひと口飲むと、葛西はすぐに切り出した。

「きみが言った幽霊と毒もみと宮沢賢治の話だが」

「申し訳ありません、ばかばかしい話をしました」

「ん？　あ、いやそれはいいんだ。あれはきみの発想ではなかったそうじゃないか」

「しかし、捜査会議で発言したのは自分ですから」

「だから、そのことはいいと言っている。それより、その話をしたルポライターだが」

「そいつのことは任せておいてください。今度出会ったら張り倒してやります」

「いや、それはいかんよ」

葛西は驚いて、小林の鼻先ではげしく手を振った。

「民間人がせっかく捜査協力をしてくれたのだから、警察としてもむしろ歓迎すべきだ。あの席では私も貶《けな》すようなことを言ったが、あれはほかの諸君の奮起を促す意図があってのことで、真意は違う。今後はひとつ、浅見さんに密着して行動し、浅見さんの指導を仰いで、捜査を進めてくれたまえ」

「は？　指導を仰ぐ、でありますか？」

「ん？　ああ、いや、まあそのくらいのつもりで——という意味だね。民間人の発想も決して見捨てたものではない場合があるというわけだ。浅見さんにはぜひ、私がそう言っていたと伝えてもらいたい。さ、遠慮しないでやってくれや」

運ばれてきたランチを、にこにこ顔で勧めるところをみると、どうやらここは奢《おご》ってくれるつもりのようだ。

(気味が悪いな——)

毒でも入っているのじゃないか——とスープを飲んでみたが、異常はなさそうだ。

それにしても、いったい葛西警視のこの急変はどう解釈すればいいのだろう？

「そういたしますと主任、今後はあのキンキ野郎——いや、浅見さんと行動を共にしろとおっしゃるのですか？」

「そういうことだ。まあ、それは一つには、浅見さんに捜査協力をしやすい環境を作ってやることであり、同時にまた、身辺警護の意味がある」

「身辺警護？……あんなやつをまるでVIP扱いするのですか？」

「いや、そうではないが、しかしこれは殺人事件なのだからね。しかもきみが言っていたところによると、犯人は偏執狂的異常者の可能性があるそうじゃないか。そういう危険人物を相手に民間人を野放しにしておくわけにはいかないだろう」

「それはまあ、おっしゃるとおりですが」

小林は頷いたが、何かひっかかるものを感じた。けさの捜査会議で発言した内容は、遠慮がちなものだったし、その結果、ずいぶん舌足らずだった。あの程度の意見を聞いただけで、浅見という人物が評価できるとは考えられない。現に、あの席上では口汚く罵《ののし》ったではないか。それを掌《てのひら》を返すように絶賛するなんていうのは、どうも怪しい。何か分からないが、葛西警視には不純な魂胆《こんたん》がありそうな気がするのだ。

（しかし、まあいいか――）

小林は腹を決めた。捜査主任どのがそうしろと言うのなら、逆らう理由はない。それに何より、千八百円也のランチの旨さは、少なくとも現実のものなのであった。

大好物のキンキをご馳走になるという、望外な接待を受けて、小林夫妻とはきわめて友好的なムードが成立したようだが、それはあくまでもプライベートな場にかぎった話であって、小林部長刑事がガードを緩めるとは、浅見は考えていなかった。

2

だから、その小林からホテルに電話があって、「できれば、捜査に協力してもらいたいのですが」と言われたときは、相手の真意が摑みかねた。

「協力といいますと？」

いくぶん警戒ぎみに応じた。何かの罠——とまでは思わないが、警察やヤクザや税務署の甘い言葉には気をつけたほうがいい。

「まあ、いろいろですね。一緒に聞き込みに歩くとか」

「えっ、そこまで出しゃばってもいいんですか？」

浅見は正直、面食らった。

「構わないんじゃないですかね」

小林は少し投げやりな口調だ。

「とにかく上のほうがそうしろって言うのです。それとも、浅見さんが迷惑だというのであれば、べつですが」

「いや、僕はもちろん、ぜひお願いしたいところです。じゃあ、これからすぐ、そちらに伺います」

何がどうなっているのか分からないが、どっちにせよ、事態が好転したことは事実なのだから、あまりしつこく質問して、小林の気が変わってもいけない。

しかし、花巻署のすぐ前の喫茶店で落ち合って、テーブルを挟んで小林と向かい合ったとき、浅見はやはりその疑問を出さないわけにいかなかった。

「いや、自分も何がなんだか分からないのですよ」

小林は仏頂面《ぶっちょうづら》で首をかしげている。民間人に捜査協力をさせるのは、彼自身は、必ずしも本意ではなさそうだ。

「ただ、主任は浅見さんの指導を仰ぐようにと言ってたから、たぶんあんたの意見を検討した結果、正しいと判断したのではないですかね」

「しかし、よくもまあ、僕みたいな風来坊のルポライターに、そこまで便宜を図ってくれたものですねえ」

「まったく、それは不思議です。あの主任はマスコミ嫌いで有名ですからね、見ず知らずの風来坊、いや、ルポライターに気を許すなんて……まあ、身元を調べて、堅いひとだと信用したんでしょうな」

「えっ、身元って、僕のですか?」

それで主任警視の豹変《ひょうへん》した理由が飲み込めた。

「それはヤバイなあ。主任さんは何かおっしゃっていませんでしたか?」

「いやべつに……ヤバイって、浅見さん、前科でもあるのですか?」

「そんなものはありませんよ。せいぜいスピード違反で免停を食らった程度です」

「だったら問題ない。要するに主任がお墨付きをくれたのだから、自分がとやかく言うことはないのです。取材というより、捜査協力に徹してもらえというほどの指示が出たと思ってください。自分のほうも浅見さんに全面協力しますよ」

「なんだか夢みたいな話ですねえ……」

浅見は嬉しい反面、主任警視が東京にどのような「身元照会」をしたのか、気になってならなかった。帰ったとたん、恐怖のおふくろさんのカミナリが落ちるかもしれない。

「それで、早速ですが、浅見さんに何か希望があれば言ってくれませんか。聞き込みに行きたい先があったら同行するし、データでも何でも提供しますよ」

「だったら、まず万年筆を貸してくれませんか」

「万年筆? ボールペンじゃだめですか」

「いえ、そうじゃなく、例の拾得物の万年筆ですよ」

「ああ、あれですか。たぶん、貸すぐらいのことは構わんでしょう。しかしあんなものが役に立ちますか？」

「僕の勘ですが」

「はあ、また勘ですか。いや、何でも言うとおりにしますよ。主任がそうしろと言うのですからね。えーと、あれはまだ、署内の遺失物係にあるはずだな」

小林は署へ戻って、ビニール袋に入った万年筆を持ってきた。

浅見はキャップをはずし、注意深くペン先を調べた。

「何か分かりますか？」

小林は浅見の手元と顔を見比べながら、訊いた。

「ええ、このペン先は修理していますね。軸はかなり傷んでいて、年代を感じさせますが、ペン先はあまり磨耗していません。おそらく比較的最近になってから、ペン先のイリジウムを付け直したものと考えられます」

「なるほど、そういえばそんなふうに見えますね」

「修理した店を捜せば、万年筆の持ち主は突き止められそうです」

「それはそうかもしれないが、しかし、片っ端から店を当たるとなると、大変な作業でないですか」

「大変でもなんでも、やるしかありません。いまのところ、手掛かりとなる物証はこれだけなのですから」

「いや、この万年筆が事件と関係があるかどうか、疑問でないですか」

「僕はあるほうに賭けますよ」

「ははは、また勘ですか。ま、いいでしょう。自分は関係ないほうに賭けます。ホテルのステーキランチ一食でどうです」

「それでいきましょう」

浅見は笑った。何はともあれ、小林がようやく乗り気になってきたのが嬉しかった。

まず手始めに、市内目抜きにある文房具店へ行った。花巻祭り最終日とあって、街はいたるところ人出で賑わっているが、文房具店の中は閑散としていた。一人だけぽつんと店番をしている年寄りが店主だった。浅見が万年筆を見せて、ペン先が傷んだ場合、修理ができるかどうか訊くと、言下に「うちではやっていません」と答えた。

「いまはどこも、ペン先の修理はやらないと思いますよ。修理するより取り替えたほうが早いし安いですからね。何だったら万年筆ごと新しくお買いになったらどうですか」

「いや、この万年筆が好きでして、それにペン先にも愛着があるのです。どこか、直してもらえるところはありませんか」

「うーん、そうですなあ……この近辺ではありませんなあ。盛岡でもないでしょう。むかしは職人さんがいたが、みんな歳をとって、亡くなったか、そうでなくても目がだめになったり、それに手先もきかなくなるしね。仙台ならそういう人は一人ぐらい残っているかもしれませんが」

店を出ると、小林は「やっぱりだめでしたね」と、早くも諦めムードだ。

「どうしてですか？　むしろ逆でしょう。希望が湧いてきましたよ」

「はあ？　しかし、あのおやじは、そういう店や人は、まずいないだろうと言ってましたが」

「ですから、調べる対象が少なくてすむのじゃないですか。とにかく、これから僕は仙台へ行ってみます」

「えっ？　これからすぐですか？」

小林は時計を見た。三時を少し回ったところだ。

「分かりました。だったら自分も行きます。民間人である浅見さん一人、行かせるわけにいきませんからね」

ホテルに戻って、ソアラで出発した。花巻インターから東北自動車道で仙台までは百五十キロ、およそ二時間で仙台市内に入った。「杜《もり》の都」仙台は緑が豊かで、とくにケヤキ並木のつづくメインストリートは美しい。駐車場に車を置いて街に出ると、た。


夕方の涼風が吹いていた。

とりあえずデパートに入って、文房具売り場で、花巻で訊いたのと同じ質問をした。

さすがにデパートだけあって、門前払いのようなことは言わなかった。

「どうしてもとご希望でしたら、お受けいたしますが、修理費がかなりお高くなりますし、日数もかかります」

「というと、こちらで修理するのではなく、どこかへ送るのですね?」

「はいさようでございます。十年ほど前までは、仙台にも技術者がおりましたが、いまは東京にしかおりませんので」

「えっ、東京に送るのですか」

「はい、メーカーさんでもオートメ化が進み、近頃はペン先修理の技術者がいなくて、やはり外部に出していると思いますが。もっとも、当店ではここ十年ほど、ペン先修理をお受けしたことはございません」

「そういうものですか……」

浅見は意外に思うのと同時に、心臓が痛くなるほど期待がふくらんだ。デパートの担当者は「いまでもやっているかどうか分かりませんが」と前置きして、東京墨田区の東向島辺りにペン先職人が多いことを教えてくれた。これで目標がかなり限定されたといえる。もっとも、小林のほうは「東京ですかァ」と失望の色を隠さない。たかが万年筆の落とし主を調べるために、東京へ出張することは許されないのだろう。

「事件と関係でもあればべつですがね」

「関係はありますよ、きっと」

「ははは、浅見さんはそう言うけど、何の根拠もないですからねえ。ただの勘だけでは、貧乏な警察としては経費が出ませんよ」

「単なる勘だけではありません。根拠はあります」

「ほう、どんな根拠です？」

「それでは小林さんにお訊きしますが、あの万年筆はいったい、誰がどんな状態で落としたと思いますか？」

「は？　そんなこと分かりませんよ。分かったら、苦労して捜さなくてすむんだから」

「しかし、ある程度の限定はできるでしょう。たとえば男か女か」

「そりゃまあ、男でしょう」

「年齢はどうですか。常識的に考えて二十歳未満という感じはしませんね。あの古さからみて、中年以上の万年筆を使い慣れた人物といったところでしょうか。それから、買い替えたほうがトクだというのに、修理してまで大事に使っていることからいって、よほど、この万年筆に愛着があるのでしょうね。その人物が、どうしてあんな場所に万年筆を落としたのか、不思議じゃありませんか」

「不思議でもなんでも、落としたのだからしようがないでしょう」

「ですから、どういう状況で、そんなに大切な万年筆を落とすものか、それが問題なのです。かりにスーツの内ポケットに挿《さ》していたとして、よほど暴れでもしないかぎり、落ちることはありませんよ」

「もしかすると、上着を脱いで腕にかけて歩いていたかもしれない」

「だとすると、ずいぶん不用意なことをしたものです。これまで何十回もの夏を経験してきたでしょうし、上着を腕にかけて歩くこともその数倍は経験しているはずです。そのつど、万年筆は落とされる危険に晒《さら》されてきたことになりますね」

「まあ、そういうことでしょう。つまり、これまで落とされなかったのは、運がよかったのですよ」

「ははは、なるほど、運のいい万年筆ですか。なんだか宮沢賢治の世界だな」

浅見が笑い、小林も苦笑した。しかし、二人の考えはどこまで行っても平行線を辿りそうだ。

とにかく、いったんは花巻に戻ることになった。浅見も小林もさすがに疲れて、車中はしばらく静かになった。

「宮沢賢治ですが」

眠ったかと思った小林が、ふいに言いだした。ずっとそのことが気にかかっていたような口ぶりである。

「浅見さんが言っていた、事件の謎に宮沢賢治が関係しているっていうのは、それは本気でそう思っているんですか？」

「ええ、本気で思ってますよ。といっても、これもまた勘ですけどね」

「いや、勘にしてもです、宮沢賢治が事件に関係があるというのは、どうもねえ……」

「しかし、主任警視も、その説を受け入れたのでしょう？」

「そうなんですよねえ。あの主任さんが、なんでまたそんなおかしな話を信じる気になったのか、それもまた謎です」

葛西警視が浅見説を受け入れた理由を知っている、当の浅見としては、複雑な心境だ。形の上では受け入れたように見えるが、それは単に、刑事局長の弟に対する義理でそうしただけで、本気で捜査方針に取り入れるつもりは毛頭ないことも分かっている。小林部長刑事を浅見につけたのも、むしろ厄介な素人探偵を監視させる意味あいがあったのかもしれない。

「はっきりいえることは」と、浅見はできるだけクールな口調で言った。

「事件直前、郡池さんが電話で話していた相手が代田さんでない以上、その人物と、もう一人、郡池さんが『幽霊』と呼んでいた何者かが存在する点です。この二人の人物は、事件後、名乗りを上げていません。電話の相手は、郡池さんと比較的親しく付き合っていた様子ですから、葬儀などに出席しているのかもしれない。しかし、そうだとしても、警察にその電話の話をしていません。事件解明の手掛かりになる重要な事実であるにも拘《かか》わらずです」

「というと、そいつが犯人ですか」

「あるいは幽霊が、ですね。ただし、電話の相手と幽霊とが利害関係をともにしているとは思えません。むしろ敵対関係にあると考えていいでしょう」

「しかし、もし、その電話の相手が犯人でないとしたら、幽霊のことを警察に通報するんでないでしょうか」

「そのとおりです。ところが彼はそうしていない。なぜなのか。その人物が犯人なのか、あるいは犯人ではないけれど、警察に通報できない何らかの理由があるのかもしれません。たとえば、自分にも後ろ暗いところがあるとか」

「うーん……」

小林は唸《うな》った。

四辺はとっぷりと暮れた。紫色の闇が田園を覆っている。星の数がぐんぐん増えてゆくのが分かる。はるかな闇の底を南から北へ、新幹線の光の帯が追い越して行った。

「こんなことを言っていいか疑問ですが、僕は不吉な予感がしてならないのです」

浅見は言った。

「不吉な予感、とは？」

「利害関係の対立する二人の人物がいると言いましたね。その二人が、たがいに事件の真相を知っていて、しかも沈黙を守っているとすると、その先どうするか、おのずからストーリーの行方が読めるような気がします」

「えっ？　というと、どっちかがどっちかを殺すとか……」

「そうなるのが自然の流れでしょうね。それと、予感が的中した場合、その殺され方が、また気になります」

「浅見さん」

小林がトゲのある声で言った。

「そういう縁起の悪い予測はしないでもらいたいですね。どうもあんたは、事件が起こるのを期待しているようなところがあるなあ。あんたは面白いかもしれないが、殺されるほうはたまったもんでないですよ」

「そんな……僕は事件を期待してなんかいませんよ。事件が起こるのを恐れているのです。悲劇が起こる前に、なんとか食い止められないものか」

「なんだか、まるで事件が起こるのは既定の事実みたいな言い方ですね。それにいま、殺され方が気になるって言いましたよね。いったいどういう殺され方を想像しているんです？」

「郡池さんが殺されたのはイギリス海岸、代田さんはさいかち淵で毒もみ――でした。となると、今度は……」

「今度は、何ですか？『雨ニモマケズ』ですか？　しかし、雨は降りそうにないですけどね」

小林は少しからかうように、フロントガラスから天を仰いだ。

「月がないのかな、星がきれいだ。天の川がよく見えますよ」

そう言って、自分の言葉でふと気がついたのか、浅見の横顔を振り向いた。

「まさか、銀河鉄道……」

浅見は正面に目を据えたまま、かすかに頷いた。小林はギョッとした顔で硬直した。

3

祭り最終日の夜、花巻の街はエネルギーを使い果たそうとでもしているような人々の群れで沸き返っていた。浅見と小林は風流山車のパレードを遠くに見ながら、交通渋滞の中を花巻署に辿り着いた。

小林を下ろして、すぐにホテルに引き上げるつもりの浅見を、小林が「ちょっと寄って行きませんか」と引き止めた。

「主任に会って行ってください。自分が主任の指示どおり、浅見さんと付き合っていることを確認してもらいたいのです」

もちろん気は進まないが、断るわけにもいかず、浅見は小林の後について、捜査本部のある二階会議室へ入った。

十人ほどたむろする捜査員たちの奥に、ひと目でそれと分かる、いかにも俊敏そうな目つきの男がいた。捜査状況があまり芳《かんば》しくないのか、険しい顔である。小林が近くまで行って、耳元で報告すると、一瞬、鼻先に皺を寄せたが、すぐ、満面に笑みを浮かべてこっちを見た。

「やあやあ……」

戦場で武士が名乗りを上げるような声を発しながら近寄ってきて、いきなり浅見の手を握った。

「浅見さんですか、ここの捜査主任を務める葛西警視です。このたびは小林君がお世話になっているようで」

「いえ、とんでもない、僕のほうがご迷惑をおかけしています」

浅見はともかく、傍《かたわ》らの小林が面食らっている。いや、居並ぶ捜査員たち全員が、悪い夢でも見ているような目を、いっせいに葛西警視に向けた。

さすがに葛西もばつが悪いのだろう、少し威厳を取り繕《つくろ》うように背を反らして、小林に「ご苦労さんだったね」と、早いとこ厄介な客を連れ去れと目で合図した。そのくせ浅見には「今後ともひとつよろしく頼みますよ」と愛想を忘れない。

「こちらこそよろしく」

浅見は負けずに最敬礼を返した。

「どうなっているんですかね？」

本部を出ると、小林は首を振り振り、ぼやくように言った。

「浅見さんに対するあの主任の様子はただごとじゃないですよ。何か悪いことが起きる前兆でなければいいけど」

刑事課の部屋の前まで戻ると、小林は浅見を廊下に残したまま、ドアを少し入って、デスクの警部補に訊いた。

「きょうはまだ、何か事件は起きていませんか？」

「ああ、ひったくりと傷害が一つずつかな。交通関係は忙しいみたいだが、祭りにしては平穏なほうだろ」

「その傷害というのは？」

「さっき病院から通報があって、竹田君と中野君が向かったが、まだ報告はない」

「傷害の程度はどうなんです？　殺しということはないでしょうね？」

「殺し？　冗談じゃないよ、この上また殺しが起きたら……おいおい、そんな顔して、なんだか妙なことを訊くと思ったが、殺人事件を期待しているんでないだろな」

警部補は驚いた目で小林の顔を見た。よほど、緊迫した表情をしていたらしい。

「まさか、そんなことは思っていませんよ。ただ、二度あることは三度って言いますからね。ちょっと気になっただけです。何も起きないことを祈りますよ」

小林はほっとしたように言って、廊下に出てきた。

「どうやら、浅見さんの心配は取り越し苦労みたいですね」

「だといいですね」

浅見は苦笑したが、階段を下りながらチラッと時計を見た。時刻は九時を回ろうとしている。小林は浅見のその仕種《しぐさ》に気づいて、眉をひそめた。

「あんた、時間まで同じだと考えているんではないでしょうね」

詰《なじ》るような口調だったから、浅見は笑って首を横に振った。第三の事件が起きるという根拠など、もちろんあるわけではない。まして、二つの事件がそうだったからといって、午後九時過ぎが事件発生時刻になるだろう、などと思うほうがおかしい。

しかし、そう思う一方で、浅見は執拗に襲ってくる予感を持て余していた。二つの事件に関連して、もし第三の事件が起こるとしたら、その殺害方法もまた、宮沢賢治の何かになぞらえたものになるだろうし、そうであるならば、時刻も同じであって不思議はないような気がするのだ。

小林に駐車場まで送られて、浅見はホテルに引き上げた。いったん部屋に入ったが、落ち着かない気分を冷やすために、ふたたび街に出た。暑い夏だったが、九月に入ってからは急に気温が下がった。夜の風は、頬にひんやりと感じるほどだ。もっとも東京辺りはまだ真夏日がつづいているそうだから、さすが東北ということか。

祭りは終焉《しゅうえん》に近づいているらしい。三々五々、帰宅を急ぐ人の流れとすれ違う。どの顔も騒ぎ疲れて、少し弛緩したような笑いを浮かべていた。夜が更けたせいか、子どもたちの姿は少ない。子供囃子の少女たちは、もうどこにも見えなかった。

浅見の足はしぜん、上町の方角へ向かった。上町は市街の中心部に近く、祭りの余燼はまださめやらぬといったところだ。高橋商会の作業場前には、あの「義経と弁慶の天狗退治」の山車が飾られ、かなりお神酒《みき》の入ったらしい男たちが、やけっぱちのような大声で歌っている。

郡池母娘の姿はなかった。訊くと、すでに帰宅したという。少し遅いかな――と思ったが、浅見は郡池家を訪ねることにした。

予想に反して、郡池家は賑わっていた。窓の外にまで笑い声が流れ出てくる。ついこのあいだ、不幸な出来事があった家とは到底、思えない。郡池未亡人の侑城子も笑顔で玄関先に現れた。だが、浅見の顔を見たとたん、いやなことを思い出したように、一転、表情を曇らせた。

「夜分伺って、すみません。ちょっと奥さんとお嬢さんにお訊きしたいことがあるのですが、しかしご迷惑のようですね」

「いいえ、構いません。ご近所のおじいちゃんたちが来て、みんなで慰労会をしていたところです。どうぞ上がってください」

そんなふうに勧められるのは意外だったが、浅見にとってはありがたい。

「昨日は愛が送っていただいたそうで、ありがとうございました」

「あ、いや」

そうか、好意的なのはそのせいか――と思ったが、それだけではなかった。

侑城子は玄関脇の小さな応接間に招じ入れ、浅見にソファーを勧めた。奥の座敷のほうから賑やかなざわめきが聞こえてくる。

「愛の話ですと、浅見さんは警察よりずっと頭がいいのだそうですね。とても感心したと申しております」

少女に褒《ほ》められたのを喜んでいいのかどうか、浅見はともかく照れた。

「いやあ、ただの素人考えですよ」

「そうでしょうか。でも、うちの主人と代田さんのご主人を殺したのは、同じ人ではないかなんて、警察はぜんぜん考えてもいなかったみたいですし、調べ方もなんだかまだるっこしい感じです。まだ何の手掛かりもないっていうんですから」

恨めしげに言い、ふと気がついて「あ、すみません、いまお茶をお持ちします」と部屋を出て行った。

そのあと、入れ代わるように愛がやって来た。子供囃子の衣装から、大きな花柄の浴衣《ゆかた》に着替えている。湯上がりなのか、髪がしっとり濡れて、上気した顔の額には汗が滲み、ちょっとどぎまぎするほどの娘らしさだ。

愛は面と向かう椅子に座り、挨拶ももどかしげに言った。

「浅見さん、警察へ行ったんですか？」

「うん、行きましたよ」

「えっ、ほんとに？　じゃあ約束守ってくれたんですね」

「ははは、約束したかどうかはともかく、行きました。今夜はそのことで来たのです。警察もきみの言った幽霊の話を、信じる気になったかもしれない」

「ふーん、浅見さんて、すごいひとなんだ。警察を説得したんですね」

「いや、そんなにすごくないよ。知り合った刑事さんに話したら、その気になってくれただけ。しかし、問題はこれからだね」

「どうなるんですか？」

「幽霊とはいったい誰のことなのか、それを考え、見つけなければならない」

「それはそうだけど、どうやって見つけるんですか？」

「その方法を探るために、今夜、お邪魔したんだよ」

侑城子未亡人が戻ってきて、ビールと枝豆をテーブルに載せた。グラスは二つある。

「あ、僕はアルコールはあまりやりませんから」

浅見が遠慮するのに、「まあ少しぐらいはいいじゃありませんか」と勧め、愛にジュースを持ってくるように言った。

「うちの子、ちょっと変わっていると思いませんか？」

愛の足音が遠のくのを確認してから、侑城子は言った。

「いえ、べつに」

「そうでしょうか。父親があんなことになったというのに、ぜんぜん落ち込んでいないみたいなんです。最初の日に泣いただけで、あとはケロッとして……情が薄いのかしら」

「そんなことはないでしょう。いまは気が張っているのですよ、きっと。そのときが来れば、思いきり悲しみます」

「そのときって？」

「復讐が終わったときです」

「復讐？　あの子、そんなことを考えているんですか？」

侑城子は寒そうに肩をすくめた。

愛は駆け足で戻って来た。

三人はビールとジュースで乾杯した。愛が「お父さんの敵討《かたき》ちのために」と音頭を取った。浅見は黙って笑ったが、侑城子は浅見の顔をチラッと見て、怯えたように目を見開いた。

「浅見さんは、幽霊の正体を探るために、うちに来たんだって」

愛が言った。

「でも、どうすれば分かるんですか？」

侑城子は愛の威勢のよさと対照的に、不安な様子だ。

「幽霊と、そしてもう一人、お父さんと電話をしていた人物の二人ですね」

浅見は言った。

「幽霊も電話の相手も、お父さんのきわめて親しい人であることはたしかです。もちろん、その二人同士も親しい関係でした。そして、代田さんもその仲間だった。これだけはっきりしていれば、その二人が何者なのか、分からないはずはないのです」

「犯人は幽霊なのでしょう?」

愛が言った。

「それは分からない。もし幽霊が犯人だとしたら、電話の相手がなぜ警察に連絡してこないのか、不思議です」

「あ、そうか……」

「もう一つ重要なことは、四人の関係者はきわめて親しい間柄だったけれど、幽霊はその名のとおり、過去の人であるという点です。で、どのくらいの過去かを考えれば、幽霊の正体が見えてきます。ふつう、幽霊と呼ばれるのは死んだ人でないと資格がありませんから、たぶんそう思われるほどの過去の人物ということになりますね」

母と娘はコックリと頷いた。

「そこでお二人に思い浮かべていただきたいのですが、お父さん——郡池さんと親しい友達で、ある時点から離れて行ってしまったような人物は考えつきませんか?」

長いこと沈黙がつづいた。それからまず愛が、「それはやっぱり、お母さんの守備範囲だわ」とサジを投げた。

「私が知っている人なんて、せいぜいうちに来るおじさんたちぐらいなものだもの」

「でも、私も思い浮かばないわねえ」

侑城子は記憶をしぼり出そうとする表情を解いて、首を横に振った。

「親しいお友達やお付き合いのある人は、年賀状や暑中見舞いで分かるのですけど、亡くなった方以外、結婚してからこれまで、時候の挨拶を出さなくなった人は一人もいませんわねえ。主人は商売熱心で几帳面だから、不義理をするようなこともないし、毎年増える一方ですよ」

「ご結婚は何年前ですか？」

「十八年前になります。主人が二十六歳、私が二十三歳のときです」

「なるほど、幽霊の資格を取るためには、十分すぎる歳月ですね」

ジョークのつもりではなかったが、少し不謹慎に聞こえたかもしれない。侑城子は睨むような目をした。

「じゃあ、幽霊はそれより前の友達っていうわけですね」

愛は気負って言ったが、侑城子は困惑したように首をかしげた。

「その前っていっても、お父さんが東京から花巻に帰ってきたのは結婚する前の年よ」

「大学は東京だったのですか？」

浅見は訊いた。

「ええ、大学を卒業してから二年ほど、むこうでお勤めして、それからお店を手伝うようになったんです」

「となると、高校時代までの友人の可能性が高いということになりますね。代田さんや、電話の相手と共通の友人だとすると、一応、地元の人に限定していいでしょうから。愛さんが言っていた電車通学の人はどうですか。何か知っているんじゃないかな」

「ああ、そうだ、お母さんはどう思う？　ほら大杉先生のこと」

「そうねえ、あの先生ならご存じかもしれないわね」

「先生なのですか？」

「ええ、先生といっても、教育委員をなさっていらっしゃる方です。イジメ問題で、教育界ではかなり有名な先生ですよ。愛の学校もお世話になっています」

「ほう、愛さんの学校ではイジメがあるんですか？」

「そりゃありますよ、イジメなんか、どこの学校だってあるんじゃないですか？」

愛は憤然として言った。

「ははは、威張るほどのものじゃないと思うけどなあ。そうすると、愛さんはイジメる側？　それともイジメられる側かな」

「失礼だわ。私はどっちでもありません」

「そうなんです、愛は偉いんですよ。こんなこと親が言うと自慢みたいですけど、クラスでイジメがあったとき、愛が止めさせたんですって。親としては鼻が高いですよ」

「ふーん、それはすごい、立派ですねえ。しかも親孝行までしているんだ」

「浅見さんはどうなんですか？」

愛は面白そうに訊いた。

「僕？　僕はそうだなあ、そういえばイジメの経験はないな。したこともされたことも。きっと、クラスで目立たない、つまらない子だったんだろうな」

「嘘でしょう、目立たないはずないもの。きっと女の子にもてたにちがいないわ。浅見さんかっこいいもの」

「おいおい、おとなをからかうものじゃないよ」

「そうよ愛、いまはそんな話をしている場合じゃないでしょう」

侑城子は浅見をも窘《たしな》める口調で言った。

「では、明日にも、その大杉先生にお目にかかることにします」

浅見はそれを汐に立ち上がった。

「それでしたら、ご連絡しておきます」

侑城子は言って、大杉家の地図を書いてくれた。ここからそう遠くないらしい。

ホテルに帰る道は、祭りのための照明がすっかり片付けられ、人の往来もほとんど絶えてしまった。ホテルの窓から見下ろすと、悲しいほど暗く沈んだ夜の街だ。遠くを新幹線が流星のように去ってゆく。浅見はまたしても、銀河鉄道の不吉な予感に襲われた。

4

大杉清隆の家は市内若葉町《わかばちょう》にある。市街地の西側の一角、文化会館や図書館があり、大きな樹木の多い高台の街だ。宮沢賢治の菩提寺《ぼだいじ》である身照寺《しんしょうじ》にも近い。花巻は戦災で市街の中心部はほとんど焼失したため、古い屋敷町はまったくといっていいほどない。民家の多くは戦後に建ったトタン屋根の安普請である。その中で、大杉家は「邸宅」と呼ぶにふさわしい、希有《けう》な存在であった。それほど大きな家ではないが、ゆったりした佇まいだ。道路から少しさがって門があり、内側にカーポート、その奥に白い扉の玄関がある。

門柱のインターフォンのボタンを押して名前を告げると、「お待ちしておりました。どうぞお入りください」と応えた。門を入り玄関の前に立つと同時に、ドアが開いた。

浅見は玄関に現れた人物を見て驚いた。花巻に来て三日目に市役所を訪ねたとき、遺跡発掘現場にいた紳士の一人だった。観光課の梅本に「考えはまとまっているのかね」と訊いた、あの人物である。もっとも大杉のほうは記憶がないらしく、初対面の挨拶をしたので、浅見は黙っていることにした。

「郡池君のご遺族の力になってあげていただいているそうですなあ。友人としても感謝しなければなりません」

応接室へ案内しながら、大杉は背中越しに言い、頭を下げた。郡池と同年だから四十四、五歳のはずだが、落ち着いた物腰の印象はずいぶん年輩に見える。

応接室は十二畳ぶんほどの洋間だが、壁に大きな書棚がぎっしりと並び、圧迫されるほど狭く感じる。書棚の本は教育関係のものが多い。児童心理学、教育心理学、カウンセリングといった背文字が目立った。その中に、同じ本が五冊ずつほど、十五、六種類並んでいる。『児童の問題行動』『非行への接触』『対話しない教育者』『いじめマインドの理解』『拒否される学校』など、教育問題にあまり関心のない浅見でさえ、ちょっと読んでみたくなるタイトルだ。よく見ると著者は「大杉清隆」であった。

「たしか、先生は教育委員をなさっていらっしゃるとお聞きしましたが」

「ああ、ご存じでしたか。暇人と思われているのでしょうかな。市のほうでやってくれと言ってこられたので、お引き受けしましたが、大したこともできません」

「ご著書がずいぶん多いですね」

浅見は書棚を指さした。

「はい、それが本職ですからな」

大杉は照れたような微笑を浮かべ、少し背を反らせた。

「いまはもっぱらイジメ問題と取り組んでいます。最近は過激になるいっぽうでして……いや、イジメが過激になるのではなく、むしろ社会、とくにマスコミの対応がですがね。愛知県で連続して起きたイジメによる自殺事件など、その典型的な例です。マスコミは一方的に学校側を叩いているが、はたして……あ、いや、勝手な話をして申し訳ない。ご訪問の趣旨はこんなことではありませんな」

ちょうどタイミングよく、夫人がお茶を運んできた。能面のような白い顔の、上品で物静かな女性だ。言葉少なく挨拶をして、「どうぞごゆっくり」と引っ込んだ。

「郡池さんの娘さんの話によると、先生はむかし、花巻電鉄とかいう電車で通学されていたそうですね」

「ああ、そんな話をしていましたか。そう、高校時代、花巻温泉の近くに住んでいて、電車通学でした。ヒョロッとした車両で、シートとシートのあいだが膝がくっつきそうなほど狭く、お見合い電車などと言われ、実際、女子高生も乗っていて、郡池なんかには羨ましがられたものでしたよ」

　懐かしそうに言った。

「というと、郡池さんや代田さんとは高校のときの同級生ですか」

「いや、代田君は高校は違ったが、小学校から中学まで、二人とも一緒でした。私も生まれは双葉町で、その後、高校に入る直前、花巻温泉の近くに引っ越したのです」

「それでは、子どものころから親しいご友人だったわけですね」

「まあそうですな」

「その当時の共通のお仲間で、一時期、たぶん、ごく最近まで、音信不通のようになっていた人はいませんか」

「は？　それはどういう意味です？」

　浅見は「幽霊」の話をした。

「ほほう、幽霊ですか。郡池がそんなことを……そうですなあ、小学校や中学を卒業したきり、ぜんぜん会っていない者は多いですからねえ。単に音信不通だけではねえ、同窓会名簿か、卒業アルバムでも見れば思い出せるかもしれないが……そして最近になって現れた、ですか？」

「しかも、郡池さんが電話で『幽霊』が現れたことを報告している様子は、まるで何かに怯えるようだったというのです。事件の夜のときは『まただよ』と言っていたそうですから、一度ではなかったと考えられます」

「うーん、そうですか……いや、警察から問い合わせがあって、郡池と電話で話したかどうか訊かれたが、そうですか、そのことでしたか。しかし『幽霊』とは言っていませんでしたがね」

「警察はまだ、その時点では『幽霊』の話は聞いてなかったのだと思います」

「なるほど。それで、その電話の相手は誰なのか分かったのですかね」

「いえ、それはいまだに分からないそうです。ひょっとすると大杉先生では――と思ったのですが」

「いやいや、私には何も言ってきていませんなあ。そんな会話でもあれば、郡池が殺されたとき、すぐに警察に教えるのだが……そうだ、そのこと、電話の相手はどうして申し出てこないのですかな？」

「そうなんです、それが不思議です」

「妙ですなあ。事件のことを知らないはずはないだろうに……何か具合の悪い事情でもあるのですかね」

大杉は眉をひそめて、しきりに首をかしげたが、思いつくことはないらしい。

「郡池さんにしろ、代田さんにしろ、ご家族や周辺の人たちに訊いても、殺されなければならないような状況はまったく考えられないということです。先生もやはりそうお思いですか？」

「そうですな、ありませんな。二人とも真面目な男で、世間の評判もいいでしょう。私のように波風を立てるようなことを言うわけでもないですしね」

大杉は言って、「ははは」と自嘲するように笑った。

「そういえば、先生は城跡の遺跡保存のことで、問題提起をなさっていらっしゃると伺いましたが」

「ははは、問題提起というと、口当たりがよさそうですがね、私のは挑戦的だから、相手側も最初から喧嘩腰ですよ。しかし理非という点からいえば、私のほうに理があると思っています。いや、遺跡なんていうものは、いったん破壊してしまえば永久に失われてしまうのですからね。自然破壊よりはるかにシビアで、取り返しがつかない。市議会の趨勢《すうせい》もほとんど建設計画推進で固まっているのだが、市民の中には私の考えに賛成してくれる人も少なくない。とはいっても、業者にとっては死活問題でしょうな。一歩も後へは引かない構えです。いや、市当局も同じですよ。予算もついて建設が決まったものを、いまさら余計なことを——と思っているでしょう。私みたいなのを教育委員に登用したのを後悔していますよ、きっと」

「このあいだ現場で話しておられたのが業者ですか？」

「ん？　よくご存じですな……あ、ああ、あのとき梅本君と一緒でしたか」

大杉はようやく気がついた。

「いや、あれは市議会の建設部会の委員でしてね、次期市長選に私を担ごうとしている張本人だが、私が妙な抵抗を始めたもんで、怒っているのです。しかし、私のほうは、そんなご都合主義で節をまげる気はありませんからな。教育評論で身を立てている者が、そんな非教育的な真似をするはずがない。ねえ、そうでしょう」

「もちろんですとも」

浅見は大杉の硬骨ぶりが嬉しかったから、大きく頷いた。

「先生のおっしゃるとおりだと思いますが、しかし、それだと、あっちこっちから恨まれそうですね」

「現に恨まれていますよ。郡池君どころか、私のほうが先に殺されそうなほど恨まれているんじゃないですかな」

大杉は面白そうな目で浅見を見て、「ははは」とのけ反《ぞ》るようにして笑った。それからふいに何かを思いついたらしく、ビクッと笑顔を消した。

「浅見さん、あなたさきほど、郡池が『まただよ』と言ったと言われましたか？」

「えっ？　ええ、電話でそう言っているのを、奥さんが聞いたそうですが……それが何か？」

「ん？　ああ、そうですな……いや、そうですか……」

大杉は動揺しているように見えた。何かに気がついたのを、客に教えるべきか否か逡巡しているような、落ち着かない眼の動きだ。

浅見は大杉のその眼を見つめながら、息をひそめるようにしてじっと待った。

「その『また』というのは」と、大杉はようやく口を開いた。

「二度三度という意味の『また』なのでしょうかね？」

「は？」

浅見は言葉の意味を取れずに、少し間の抜けた顔になった。

「いや、つまりですね、たとえば人の名前であるとか、そういったことも考えられるのではないかと……」

「あっ……」

浅見は不覚にも、単純で幼稚な驚きの声を発してしまった。「人名」というところにまったく着想しなかった自分の感覚が、ほとんど信じられなかった。ことによると、「まただよ」という言葉を伝えた口調に、岩手訛りがあったせいか——などと、弁解じみて考えたりもした。

「では、先生には『また』という人名に心当たりがおありなのですか？」

気を取り直して訊いた。

「いや、そういうわけでは……まあ、ひとつの例として、その可能性もあるのではないかと思っただけですがね」

大杉は急に後退した言い方になった。それがかえって、彼の着想の信憑性を裏付けるように、浅見には思えた。

「大いにあると思います」

浅見は追撃する強さで言った。

「可能性どころか、そのものズバリ、人名だと僕は思えてきました。で、先生にはそれに該当するような人の名に、心当たりがおありなのでしょうか？」

「ん？　あ、いや、それはありませんよ。単なるたとえ話ですから」

大杉は視線を逸らしたままである。明らかに（余計なことを言った――）という後悔が、頰の辺りに滲み出ている。

「もし、お差し支えなければ」と浅見は言った。

「先生のお手元にある、昔のアルバムや同窓会名簿を貸していただけないでしょうか」

「はあ、それは構いませんが……それを調べられるということですか。いや、私の言ったのは、あくまでもたとえ話ですよ。昔の友人にそういう人物がいるとは考えておりませんので、そのへんは間違えないでいただきたいですな」

「それは承知しています。ただ、いまは何の手掛かりもない状態で、警察でさえ苦労しているのですから、ちょっとした可能性でもあれば、トライしてみることが必要ではないかと思います」

「うーん……しかしあなた、失礼だが、浅見さんは特別に郡池君とは関係もないのに、警察のやるようなことを真似して、どうしようというのですか？」

「それは……たしかに僕は余所者で、いわば通りすがりのような人間ですが、しかし、それでは逆にお尋ねしますが、先生のようにごく親しい関係の方が、事件の謎解きを警察だけに任せておくのは、なぜでしょうか？」

「ん？　なるほど、ははは、おっしゃるとおりですな」

大杉は一本取られた――というように笑った。

「われわれ市民というやつは、役所がやっていることには無関心で、かりに疑問があっても、なかなか行動に移そうとはしない。今度の第二庁舎建設の件も、遺跡が出たからといって、ああそうか――ぐらいにしか受けとめない。いったん行政や議会が決めた方針にストップをかけようとするには、たいへんなエネルギーと、それこそ身命を賭すほどの覚悟が必要ですよ。評論家のように、紙の上でだけきれいごとを並べているのではだめですなあ。いや、分かりました。とにかく、中学と高校のときのアルバムと同窓会名簿がありますから、お貸ししましょう」

いったん奥へ引っ込んで、アルバムと卒業生名簿を持ってきた。よほど几帳面な性格なのだろう、保存状態もきれいで、アルバムは三十年も昔のものとは思えない。

名簿のほうは最近になって、四十二歳の厄年で、同級会があったときに編纂《へんさん》されたものだそうだ。

「貴重品ではありませんので、必要がなくなるまでお貸ししますよ」

大杉はそう言ってくれた。

浅見はひとまず大杉家を辞去してホテルに引き上げ、すぐにアルバムと名簿のチェックに取りかかった。

大杉のヒントで、郡池が言った「また」とは人名を意味するのかもしれないと気づいたのはいいが、「また」という音の人名があるとも思えない。だからこそ、誰もそれが人名であることに想到しなかったのだろう。

もしこれが人名だとすれば、たぶん愛称か略称にちがいない。たとえば「猪俣《いのまた》」などはどうだろう――しかし、猪俣なら「いの」とか「いのさん」と呼ぶかもしれない。いや、「また」はファミリーネームではなくファーストネームかもしれない。宮本武蔵の幼年時代からの恋仇の「又八」は、たしか「またさん」と呼ばれていたのでは――。

そう考えてきて、浅見は（そうか、又三郎も「また」だな――）と気づいた。

宮沢賢治の『風の又三郎』が仲間たちから「また」と呼ばれたかどうか、思い出せなかった。『風の又三郎』を読んだのはなにしろ昔のことである。「三郎」が本名だったことは憶えているが、上の苗字が何だったか、さっぱり出てこない。彼は転校生だから、もし仲間に三郎という名前の子がいたとすると、「さぶ」とは呼べないから、ニックネームの「又三郎」を縮めて「また」と呼ばれた可能性はある。

浅見は車で書店を探しに出掛けた。高橋商会のある上町の大通りに面して「誠山房」という大きな書店があった。さすが宮沢賢治のふるさとだけに、書棚に賢治関係の本が多い。その中から、文庫本の『風の又三郎』を見つけて買って帰った。

文庫本『風の又三郎』には、表題作を含め、童話など十六の作品を収録してある。その最後に『風の又三郎』があった。

そのページを開いて、「九月一日」という見出しを見たとき、浅見は思わず「ああ」とため息のような声を洩らした。昔、読んだときの記憶が蘇った。

風の又三郎が「谷川の岸の小さな学校」に転校してきたのは、九月一日だったのだ。

「九月一日か……」

その日の朝、イギリス海岸で、郡池充の死体が発見された——。

むろん、単なる偶然にすぎないけれど、いきなり「九月一日」の活字に出くわして、浅見は背筋にゾーッとくるものがあった。

風の又三郎の本名は「高田三郎」であった。この本の巻末の解説によると、岩手、福島、新潟に「風童神・風の三郎様」という言い伝えのようなものがあるらしい。そこから宮沢賢治独自の脚色で「風の又三郎」伝説を創出したのだろうという。

賢治が書いた「谷川の岸の小さな学校」がどこの何という学校かは分からない。谷や山の風景描写からいうと、賢治が生まれ育った花巻の、豊沢川の岸辺近くそのものとは異なるように思える。

しかし、作品の中には賢治の少年時代の記憶が息づいているだろうし、郡池や代田や大杉たちが通った学校もまた、豊沢川にほど近いところにあるのはたしかだ。何かにつけて、「宮沢賢治」は教材として使われただろうし、話題にもなったにちがいない。「また」というニックネームが「又三郎」に由来している可能性はありうる。

同級会名簿にある氏名の「苗字」に、「高田」姓は一つ、「三郎」は二人いた。しかも、そのうちの一人はなんと「猪俣三郎」であった。浅見の胸は躍った。

猪俣三郎の住所は、東京都大田区南千束《みなみせんぞく》――の洗足池《せんぞくいけ》近くだ。

第五章　銀河鉄道の惨劇

1

小林部長刑事は浅見の報告を聞いても、あまり嬉しそうな顔は見せなかった。ことに、教育委員の大杉を訪ねたのは気に入らなかったらしい。

「えっ、あの先生のところへ行ったんですか？　そいつはまずいんでないかなあ」

「どうしてですか？」

「あの先生はうるさいですからねえ。市の第二庁舎建設問題で、反対運動の先頭に立って、新聞に出たくらいです」

「ああ、その話は聞きました。遺跡を保存しようという、大杉さんの意見も、それはそれで正論だと思いましたが」

「それはそうかもしれないが、しかし、警察としては、そういう問題のあるひとには、なるべく触らないほうがいいのです」

「ははは、僕は警察じゃありませんから。そのことはともかく、東京の猪俣三郎という人物のことを調べるべきだと思いますが、それについてはどうですか」

「うーん、それもねえ、その人物がほんとうに郡池さんが電話で言った『また』なのかどうか、自分としてはあまり賛成できないし、葛西主任がどう言うか……」

「とにかく、だめもとで話してみたらどうでしょう。浅見のやつがこんなことを言っている、みたいな言い方でもいいですよ。東京行きの交通費は僕の車があるし、経費は節減できます。それに、例の万年筆の調査もありますし」

「ははは、また万年筆ですか。そう、ですなあ……そしたら、一応、主任に訊いてみますかね」

経費節減はともかく、浅見に責任転嫁するという発想が気に入ったらしく、小林は葛西の説得に向かった。

案に相違して、葛西は簡単にオーケーを出したらしい。

「話し始めたときは渋い顔をしていたのに、浅見さんの考えだと言ったら、急に、やってみれって……どういうんだかねえ、気味が悪い。浅見さん、主任に何かワイロでもやったんでないでしょうなあ？　いや、これはもちろん冗談ですがね」

小林は自分のジョークに怯えて、慌てて注釈を加えた。

東京まで車で約六時間、なんとか明るいうちに都内に入ったが、猪俣家を探し当てたときは完全に夜になっていた。木造モルタルの二階建てアパートだが、部屋数は2

LDKぐらいはありそうだ。

猪俣三郎はすでに帰宅していて、風呂も食事もすませ、テレビの野球中継を観ているところだった。夫人と中学生ぐらいの長男と長女と四人暮らしだそうだが、全員が揃っていて、仲もよさそうな雰囲気だ。長女はキッチンで、母親の後片付けの手伝いをしているし、長男のほうは、お客のためにテレビを消して、リビングルームから追い出されても、いやな顔を見せなかった。

「はあ、花巻からですか、懐かしいなあ」

猪俣は遠い花巻から刑事が訪ねて来たことに驚きながら、ふるさとの匂いを嗅いだように、懐かしそうな顔になった。しかし、すぐに思い当たったらしく、「そしたら、郡池君たちの事件のことで、ですか？」と眉根を寄せた。

郡池充と代田聡があいついで殺された事件のニュースは、もちろん東京でも報じられているが、扱いとしては小さなものだ。猪俣が最初に事件のことを知ったのは花巻の友人からの電話だったそうだ。それからあらためて新聞を引っ繰り返したという。

「新聞はスポーツ欄しか見ないもんで」

猪俣は照れたように笑いながら弁解した。朝の早い仕事で、新聞を読むひまもないとも言った。

「そうすると、事件のあったときは東京におられたのですか？」

小林はさり気なく訊いた。

「そうですよ、今年はお盆にも花巻には行かなかったです。花巻祭りには行きたかったけども、仕事がねえ」

「殺されたのが、二人とも猪俣さんの同級生だったわけですが、そのことで何か、思い当たることはありませんか？」

「思い当たるって、犯人とか、なんで殺されたかとかですか？　いいや、ぜんぜん」

猪俣は目を丸くして、大きく何度も首を横に振った。

「私みたいな者にわざわざそんなことを訊きに来たということは、犯人はまだ分からないのですか？」

「目下のところは、です」

小林は唇をへの字に結んだ。

「猪俣さんは、子どものころ、どういうニックネームで呼ばれていましたか？　とくに中学生時代などは」

浅見が訊いた。

「中学のころですか。そうですね、サブちゃんとかサブとか呼ばれてました。私はクラスであまり目立つほうでなかったから、ニックネームというほどのものはつかなかったのではないでしょうか」

「猪俣さんだから『まささん』と呼ばれていたかと思いましたが」

「いや、どっちかというと、いなかの子どもたちは、苗字では呼ばないですものね。高橋とか佐藤とか、同じ苗字の家が多いので、先生も、出席を取るときは名前のほうで呼んでおりました」

「誰か、当時の仲間で『また』というニックネームで呼ばれていた人を憶えていませんか？」

「『また』ですか……ああ、そういえば、中学のとき、そういうのがいたっけな」

「えっ、いたのですか？」

浅見は小林と顔を見合せ、猪俣に向けて身を乗り出した。

「その人はなんていう名前ですか？」

「名前はなんだったかな……うーん、思い出せないですねえ……」

「この名簿に、それらしい名前がないか調べたのですが、どうも該当するようなのは、猪俣さん以外にはいないのです」

「ああ、それは卒業生名簿でしょう。そいつは卒業してないから」

「えっ、じゃあ……」

浅見はあやうく「亡くなった？」と言いそうになった。「幽霊」からの連想だが、そうではなかった。

「たしか二年か三年の夏に転校してしまったのです」

「あ、そうだったのですか」

ほっとした。

「しかし、名前を憶えてなくて、あだ名のほうを憶えているというのは、どういうわけですかねえ」

小林が刑事らしい口調で訊いた。

「それはあれですよ、『風の又三郎』からつけた名前だから、憶えているのです」

「なんで風の又三郎なんです？」

「私がつけたんでないので、はっきりした理由は知らないですけど、宮沢賢治の『風の又三郎』もそいつも転校生だからという、単純な理由でないですか」

「その人が『また』と呼ばれていたのは、間違いないのですね？」

「間違いないです……だけど、どうしてそんなに念を押すのですか？　そいつがどうかしたのですか？」

猪俣はようやく不審を抱いたようだ。猪俣がその人物を「そいつ」と呼ぶのが、浅見は気になった。

「いや、それはですね……」

小林はチラッと浅見を見た。浅見は小さく頷いた。

「じつは、郡池さんが殺される直前、誰かとの電話で、その名前を喋ったのを奥さんが聞いているのです。『まただよ、間違いねえ』と言っているのを」

「ふーん、そしたら、そいつが郡池君を殺したのですか?」

「あ、いや、そういうわけではないですが、まあ、ひとつの参考としてですね、いろいろ調べているだけです」

「けど、そいつだったら――『また』だったら、もしかすると郡池君を殺《や》ったかもしれないですね」

「えっ、それはどうしてです?」

「『また』は、郡池君たちを恨んでいるはずです」

「ほう、何か恨みを抱くような理由があるのですか?」

「母親を殺されましたから」

「えっ、ほんとですか?」

小林の声が上擦《うわず》った。浅見も腰を浮かせるほど驚いた。その様子を見て、猪俣は少し困ったように言い直した。

「殺されたというのはオーバーですけど、しかし、そいつはそう思い込んでいると思いますよ」

「いったい何があったんです? 詳しく聞かせてくれませんか」

「そうですなあ、私もこの目で見たわけではないもんで、はっきりしたことは憶えていないですが……」

猪俣は天井を向いて、しばらくのあいだ記憶を呼び戻そうとしていたが、やがて「そうだ」と大きく頷いた。

「そいつは、ふだんから郡池君だの代田君だのにイジメられておったのです。それで、夏休みに豊沢川で遊んでいるときに、悪ふざけでそいつが溺れ役になっていて、それを見た母親が驚いて助けに飛び込んで、母親のほうが死んでしまったという話です。それで、そいつは、母親の葬式がすんだあと、大杉君をナイフで刺したのです」

「えっ、大杉というと、あの教育委員の大杉さんですか？」

浅見はまた驚いて訊いた。

「あ、大杉君は教育委員になったですか。それは知らなかったですが、教育関係の評論家としては、けっこう有名みたいです。四十二歳の厄年の同級会では、みんなの誇りだって、スター扱いで、誰だかが、次の市長候補に推薦するとか言ってました。まったく、みんな偉くなってしまって……」

猪俣はわが身を省みるようにして、苦笑した。

「それで、その大杉さんを刺した事件というのは、どういうものなのですか？」

「大杉君はイジメグループのボス的存在――というより、クラスのボスでした。その

『溺れごっこ』のときも、もしかすると遊びの延長で、みんなにイジメたつもりがあったかどうか知らないですが、『また』にしてみればひどいイジメで、溺れる真似をしながら、ほんとは必死だったのかもしれないですな。それで、母親が自分の身代わりに殺されたと思い込んで、復讐したのでしょう。襲われたときは大杉君と郡池君と代田君がいたが、大杉君だけが刺されたのでした。傷は大したことはなかったみたいですが、そいつは警察に捕まって……それからどうなったか憶えていませんが、結局、それっきりどこかへ転校して行ったと思いますよ。たしか、母一人子一人だったはずですからね」

つらい話であった。三人ともそのときの状況を思い浮かべて、しばらくは沈黙した。

「しかし、それから三十年近く経っているのに、いまごろになって復讐しに来るとは考えられないですがね」

小林は常識的な疑問を言った。

「いや、私が復讐と言ったのは、そのときのナイフ事件のことですよ。今度の事件がそいつの仕業かどうかは知りませんよ」

猪俣は唇を尖らせた。

「あ、ああそうでした。ま、いまのは失言ですが、それにしても、その人物が現在までのところ、もっとも有力な参考人であることは事実です。ところで、やっぱり名前は思い出せませんかね」

「そうですねえ、思い出せませんね。大杉君にでも訊けば憶えているんでないですか。彼は記憶力が抜群によかったから」

「そうですね、そうします、いや、どうもありがとうございました」

小林は慌ただしく礼を言って、浅見を促すと席を立った。

「おかしいですね」

ソアラに戻るやいなや、小林は言った。

「猪俣さんが言ったとおりだとすると、記憶力のいい大杉先生が『また』というあだ名の人物を忘れているというのはおかしいんでないですか。浅見さんが先生に訊いたときには、そう言ったのでしたね？」

「ええ、まったく心当たりはないと言っていました」

「そんなのは嘘っぱちに決まってますよ。知らないわけがない。だけど、あの先生はなぜ隠したのかな？」

「それはもちろん、大杉さんがイジメグループのボス的存在だったからですよ」

「は？　それはどういうことです？」

「教育評論家であり教育委員である、いまの大杉さんの立場から言って、自分がかつてイジメをやっていた、しかも、その結果、相手の母親が死んだとか、自分がナイフで刺されたとか、そんな話を蒸し返すわけにいかないでしょう」

「ああ、なるほど、そうか……だけど、考えてみると、その『また』にいちばん狙われるとしたら、大杉先生でないんですかね」

「そうですね、そこに気がついて、大杉さんとしては脅威を感じたにちがいありません。そう考えると、昨日のあの怯えたような様子の意味が、理解できます」

「だったら、身を守るためにも、警察に通報してくれればいいんでないかなあ。警察は個人の秘密も守るのにねえ」

「そうは思えませんよ。警察にしろ誰にしろ、自分の弱みを摑まれたくないものです。ことに大杉さんのように誇り高いひとは、ひと一倍そうじゃないでしょうか」

「うーん、そういうもんですかねえ。しかし危険ではあります」

「ははは、まだその『また』の犯行と決まったわけではありませんよ」

浅見は笑ったが、小林は真剣そのもので、浅見を睨んだ。

「笑いごとではないです。現実に、かつてのイジメグループの二人が殺されているのですよ。三人目が殺られないという保証は何もないのです」

「失礼、たしかにそれはそうですが、たとえ『また』の犯行だとしても、大杉さんは大丈夫でしょう」

「えっ？　なんで、ですか？　いちばん先に狙われるのは、むしろ大杉先生ではないですか」

「ところが、実際はその大杉さんが狙われなかったじゃないですか。つまり、大杉さんはすでにナイフ事件で復讐を受けているから、それが免罪符になったと考えられます。それに、ほかの二人と違って、大杉さんは『また』の襲撃を予測できますから、身辺に気をつけるでしょうしね」

「それはそうだが……ま、とにかく『また』の居場所を見つけることですな」

その夜の小林の宿は、浅見が神田駅に近い安いビジネスホテルを見つけてやった。遅い晩飯に、ホテルのレストランで、二人ともカレーライスを食べた。

「どうもご苦労さんでした。自分は明日の朝一番の列車で、花巻へ帰ります」

小林は堅苦しく挨拶した。

「えっ、万年筆はどうするんですか？」

浅見は驚いて訊いた。

「あ、そうか……しかし、このことを早く報告して、大杉先生の身辺を注意しないと……浅見さん、万年筆はあんただけで調べてもらえませんかねえ。そうだ、それがいい。万年筆を預けますから、ひとつよろしくお願いしますよ」

あらためて、深々と頭を下げた。

2

東北本線と東北新幹線の「北上」から西へ、奥羽本線の「横手」に至る北上線は、営業距離六十五キロばかりの小さな支線だが、奥羽山地を横断して岩手県と秋田県を結ぶ重要な鉄道である。国鉄民有化や路線廃止の波にも流されずに生き残ったのは、それなりに理由のあるところにちがいない。

北上線は国道107号と並行しながら、和賀川《わが》の谷沿いに真西へと進む。「江釣子《えづりこ》」、「和賀仙人」といった変わった駅名を過ぎてまもなく、右手に細長い湖水がつづく。夜はまったくの黒い闇の底だが、「錦秋湖《きんしゅうこ》」という名のとおり、秋が深まると、紅葉を浮かべる美しい湖として親しまれている。和賀仙人からは長いトンネルの連続だが、トンネルを出た瞬間の風景に、乗客は「はっ」と息を呑むのである。

快速「きたかみ5号」は時分に北上を発車して、時刻どおりの運行であった。この日は夕方から雲が出て、月も星もない夜になった。トンネルの内も外も見分けのつかないような闇を一両だけのワンマン運行で走っていた。「快速」と名がついてはいるけれど、登り勾配の峠越えはそれほどのスピードは出ない。

峠山スキー場の下を潜る長いトンネルを出はずれて、まもなく「ゆだ錦秋湖」駅にさしかかるところで、急ブレーキがかかった。乗客は二十人程度だったが、全員が車輪の下をゴトゴトと異物が通過するのを感じた。ゾーッとするような感触であった。外は悪魔が口を開けたような、深い闇である。しばらくシーンと静まり返ったあと、乗客はたがいに顔を見合せ、「何があった?」とささやき交わした。

運転席から線路に運転士が飛び下り、懐中電灯で車体の下を照らし、すぐにギョッと身を引いた。その仕種で、車体の下がどういう状況になっているのか、乗客たちにも察しがついた。

運転士は窓に向かって「だめだだめだ」というように手を振って、列車の前方に明かりが見えている駅へ走って行った。

北上警察署に轢死《れきし》事故の第一報が入ったのは、その十分後のことである。

翌日、浅見光彦は墨田区東向島へ出掛けている。向島は永井荷風の『濹東綺譚』で有名なところだ。浅見家のある北区西ケ原からだと、荒川区、台東区を経て隅田川を渡ったところにある典型的な下町である。仙台のデパートの話によると、その辺りに万年筆の町工場やペン先職人が集中しているはずだという。

国道6号——通称「水戸街道」から少し入った裏通りの、ゴチャゴチャした街を、ソアラで苦労して聞いて回ったが、なかなか目指すそれらしい工場も職人も見つからない。

「この辺りもねえ、昔はペン工場がいっぱいあったけど、いまはあまり見ないねえ」

手押し車にもたれたおばあさんが、周囲を見回して言った。万年筆工場はボールペンやフェルトペンなど、筆記具の発達やワープロの普及によって、ほとんどが転廃業に追い込まれたのだそうだ。

それでもどうにか、現在もなお万年筆作りをつづけている、小さな工場と人物を探し当てた。根本という老人で、七十六歳だそうだが、十歳ほどは若く見える。「まだこんなことをやっているのは、わたしぐらいなもんですよ」と、いかにも職人らしく、照れくさそうに言った。

しかし、根本老人と彼の工場は、現在はペン軸を専門に作っているのであった。ペン先の製造や修理も昔はやっていたが、万年筆そのものの需要が減ったうえに、大メーカーがオートメーションで大量生産するようになった。おまけに、修理に出すお客などというものがほとんどいなくなったために、職人も転職するか廃業するかして、いまではこの辺りにはまったくいなくなったという。

「わたしも技術はあるが、なにしろ目がもうだめですな。わたしと同じ年代の人は、みんな死ぬか目も指もきかなくなってしまいましたよ。わたしの知っている現役の職人は一人だけ、橋本さんというのが松島にいますよ。わたしよりはだいぶん若い」

松島というのは江戸川区の町名である。ここからだと、荒川を渡って南へ少し行ったところだ。根本老人に電話で紹介してもらって、浅見は早速訪ねることにした。

橋本の工場も民家かアパートかと思えるほどの小さな建物だ。そこに所狭しとばかりに機械が並び、四人の職人が仕事をしていた。四人のうち三人は三十代か四十代、一人だけが六十歳ぐらいに見える。そのいちばんの年輩者が橋本という社長だった。

「いまは、うちもペン先はあまりやらないんですよ」

橋本は工場の中を案内しながら、言った。たしかに、作業中の職人たちの手元を見ると、ペン先ではなく、釣り針のように曲がった、細くこまかいものだ。

「釣り針ですか？」

「いや、これは縫合手術用の縫い針です。ペン先を作る機械と技術を利用して、こういうものができることに気がついたのです。これがけっこう評判がいいのですよ」

「根本さんのお話だと、ペン先の修理をしているのは、もはや橋本さんのところぐらいではないかということでしたが」

「そうですね、うちもまあ、頼まれればやりますが、近頃は仕事の量がまったく減りましてね。それでも十年ぐらい前まではけっこうあったのだが、いまは修理するより新しいのを買ってしまったほうが安いくらいなもんだからねえ」

「じつは、こういう万年筆があるのですが、ちょっと見ていただけませんか」

浅見は小林から預かった、問題の万年筆を取り出した。

「この万年筆はたぶんペン先を修理していると思うのですが、いかがですか？」

橋本は「どれどれ」と手に持って、チラッとペン先を見て、「ああ、これは修理してますね」と断定した。

「イリジウムの付き方で分かるのです」

「それでですね、このペン先をご自分で修理したかどうか、そこまでは分からないものでしょうか？」

「分かりますよ」

「えっ、分かるのですか」

橋本があまりにもあっさり言ったので、浅見はかえって不安になった。

「ああ、分かりますよ。仕事は各人各様、特徴というか、癖のようなものがありますからね。他人の仕事はどこの誰かと言えるところまではいかないが、自分のやったものかどうかは分かります」

言いながら、机の引出しからルーペを出して目に当て、ペン先を子細に眺めている。

「これは私がやった仕事ですな。それからこれまで、だいぶ使っているが、間違いなく私の修理したものです」

自信たっぷりの口調に、浅見は感動した。いまどき、こんな小さな仕事に対して、これだけの確信を持てる職人が、どれほどいるだろう。

「しかしなんですなあ、こんなふうに大切に使ってくれるひとがいると思うと、張り合いがありますなあ」

橋本は懐かしそうに万年筆を眺めた。

「修理の依頼人が誰かはどうでしょう」

浅見は勢い込んで訊いた。

「それは分かりませんなあ」

今度はあっさり、悲観的な答えが返ってきた。

「まったく分かりませんか？」

「分かりません。というのはですね、ペン先の修理はお店から回ってくるわけで、お店に持ち込んだお客さんが誰なのかは、私のほうでは分からないのです」

「あ、なるほど。それじゃ、どこの店の依頼かは分かるのですね？」

「それは分かります。あとで問題が生じた場合、責任の所在を明らかにするために、すべて伝票に記録してありますから」

「では、この万年筆はどうでしょう？」

「もちろん分かりますが……それを聞いて浅見さん、どうするつもりですか？」

「その店へ行って、依頼主が誰かを訊くつもりです」

「だけど、教えてはくれないんじゃないですかねえ」

「だめかもしれませんが、行ってみます」

橋本は少しためらったが、結局、調べてくれた。キャップのホルダーを外し、裏に刻まれた製造番号を確かめ、伝票と照合するのだった。

「修理の依頼は、銀座のQ堂さんですな。仕事は二年前にやっています」

「えっ、東京ですか……」

これはちょっと意外だった。しかし、もし犯人（かどうかはともかく万年筆の落とし主）が「また」だとすると、花巻の人々とは何十年も音信不通だったほどだから、岩手県内には住んでいなかったと考えるほうが自然かもしれない。

銀座Q堂は文房具の老舗《しにせ》としてはもちろんだが、店のある場所が日本一地価の高いことで全国的に知られている。全体の商品構成はどちらかというと、和紙や千代紙、書道用品といったものに重点を置いているが、むろん洋筆記具の品ぞろえも充実したものだ。ただし、これほどの大型店でも、万年筆の修理は一年に一本あるかないかだそうだ。

「昔はごくふつうのことでしたがねえ」

筆記具を担当している年輩の店員が、少し嘆かわしそうに言った。浅見が持参した万年筆の修理を依頼した人物に、心当たりはありそうだったが、橋本が危惧《きぐ》したとおり、教えていいものかどうか、かなり迷っている。しかし、浅見が万年筆を岩手県の花巻で拾い、仙台から、墨田区、江戸川区と尋ね尋ねてここまで来たことを知ると、思いきったように教えてくれた。

「このお客さまは、元はこの近くの広告代理店さんにお勤めでしたが、現在は一関にお住まいです。一関市、岩手県です」

「岩手県……」

一関市は岩手県の南端に近い。花巻市そのものではなかったが、同じ岩手県であったことに、浅見は胸を締めつけられるような緊張を覚えた。

「お買い求めいただいたのは、かれこれ十二、三年前になります。お勤め先の会社にご贔屓《ひいき》いただいている関係で、そのお客さまもちょくちょくお見えになりました。その後、会社を辞められ、岩手県のほうに移られたそうです。このペンの修理をご依頼に見えたのは二年前でしたか。あちらではペン先の修理をする職人さんがいないとのことでした。それにしても、いまどき、こうして大事にお使いになる方がいらっしゃるというのは、なんとも嬉しいことであります」

「本当ですねえ。僕も探し回った甲斐がありました」

浅見は心の底からそう思って、言った。その気持ちは相手にも伝わったのだろう。

店員は「持ち主」の氏名、住所を快く教えてくれた。

一関市末広　笠野良介――

「笠野さんはどういうひとでしたか？」

浅見は訊いてみた。

「さようですなあ、お歳は四十代なかばぐらいでしょうか。詳しいことは手前どもではちょっと……お仕事のよくお出来になる方とお見受けしましたが」

それ以上のことは、元の勤め先に行って訊くしかないだろう。しかし、そのことが笠野に伝わると、用心されかねない。直接、本人にぶつかったほうが効果的だ。

時刻は午後二時を過ぎていた。気持ちのほうは大いに逸《はや》ったが、これから一関を目指すとなると、いったん帰宅して身支度を整えたりしなければならないから、夜中の到着になりそうだ。それは構わないが、ホテルの利用価値が半減するのは惜しい。どうも、こういうところに、居候のみみっちさが表れるものであるらしい。

浅見はその足で『旅と歴史』の藤田編集長を訪ねた。時間が余ったついでの表敬訪問のようなものだが、藤田は喜んだ。

「珍しいね、浅見ちゃんも人並みに出版社に敬意を表するようになったってわけか。いい心掛けというものだよ」

「そんなことより、花巻祭りのゲラはまだ出ないんですか」

「ああ、あれね。何を言ってるんだよ。きみから最後のファックスが入ったのはおといだぜ。出来てるはずがない。ゲラは明日だ。明日また来てよ」

「僕は明日はいませんよ。自宅のほうにファックスしておいてください」

「ふーん、いないの。どこか取材？」

「ええ、急な依頼です。ちょっと条件がいいので、引き受けました」

「どこ？　どこの社なの？　どういう仕事なのさ？」

藤田はしきりに気にしている。見かけは太っ腹だが、じつは小心なのだ。

「中央公論社ですよ」

「ふーん、中公の仕事が入ったのか……しかし、あそこはそんなにギャラはよくねえんじゃないの？」

「ギャラはともかく、取材費が潤沢《じゅんたく》です」

「そう……」

「ところで編集長、ギャラの前借り、少しお願いできませんか」

「ん？　ああ、いいとも。すぐ仮伝《かりでん》書くからさ」

藤田はすぐにデスクに向き直った。取材費が潤沢な「中公」から前借りしろ——などとは言わなかった。

3

岩手県一関市は歌舞伎などでも有名な「伊達《だて》騒動」の中心人物として知られる伊達兵部の居城があったところだ。明治維新の廃藩置県のときには「一関県」が置かれた。そのことによっても分かるように、一関は岩手県南域における政治・経済の中核都市として、重要な役割を果してきた。

現在の一関市の人口は約六万。農業主体から木材、木製品、食料品などの軽工業や精密工業などの興隆が町を活気づけた。かつて心配された過疎傾向にも十年ほど前からストップがかかり、UターンやIターンする若い人々が増えている。

東北自動車道を下り、一般道を一関市街に入った瞬間、浅見は街の明るさに意外な感じがした。「一関」という字面から、古風で保守的な佇まいを想像していた。高校野球の応援の、一関高校のバンカラが記憶にあったせいかもしれない。

周辺の国道沿いなどは、雑多な印象を受けるが、中心部に近づくにつれて、町並みに整頓されつつある前向きの気配が漂う。高いビルはないけれど、清潔感のある、陽性な街であった。

住所を頼りに、笠野家を探し当てたが、笠野良介は留守だった。建って何年も経ていないような小ぎれいなアパートの二階に、マジックで面倒臭そうに書いた「笠野」の表札があり、その下にインターフォンがついている。いざ対面のときが近づいて、緊張した指先でボタンを押した。一回二回、中でチャイムの鳴る音が、気の引けるほどはっきり聞こえるのに、いくら待っても応答はなかった。

どうしたものか——と思案しながらドアの前に佇んでいると、隣のドアから奥さんらしい女性が顔を出して、「笠野さんなら、ついさっき出掛けたばかりですからね、たぶん今日は帰らないと思いますよ」と気の毒そうに言った。いつも昼過ぎまで寝ていて、二時ごろになるとフラッと出掛けたきり、明け方近くまで帰らないのだそうだ。

「夜になるとお店には必ず行ってるみたいですから、お店のほうに行かれたらいいんでないですか」

「お店といいますと？」

「ああ、ご存じないのですか？　喫茶店をやっているのですけど」

女性は「ベイシー」という店の場所を教えてくれた。

「でも、お店が開くのは夕方ですけど」

時刻はまだ三時過ぎで、太陽は当分沈みそうにない。

仕方がないので、浅見は市内見物をすることにした。といっても、市内には「世嬉《せき》の一酒の民俗文化博物館」という、アルコールに弱い浅見にはあまり縁のなさそうなところしかなかった。ただし、市内から西へ十分ばかりのところにある「厳美渓《げんびけい》」というのは、なかなかの絶景だと、ガイドブックには書いてある。

行ってみると、なるほど、頭に松を繁らせた奇岩怪石が屹立《きつりつ》する中を、碧《あお》い水がゆったりと流れる様は、日本的、かつ箱庭的風景であった。岸辺に佇むと、まるで南画の中に身を置いているような錯覚をおぼえる。

豊沢川の濁った淀みで死んでいたという、代田聡のことを連想して、(こんなに綺麗な水なら、死に甲斐もあるだろうに――)などと、浅見はばかなことを思った。そう思うのと同時に、犯人があの淀みに死体を捨てなければならなかった、一種の必然性のようなものを感じた。どうしてもそこまでこだわらなければならなかった、強い願望が「また」にはあったにちがいない。

笠野という人物が、その「また」だとすると、郡池や代田と同じ四十代なかばということになる。東京を引き上げたのは三十代なかば。広告代理店にいたそうだから、毎日が派手で充実していたのではないだろうか。その生活をかなぐり捨てて、一関に引っ込んだのには、どんな理由があるのか。そのことと、花巻の人々への復讐と、何か関連があるのだろうか。

深い淵に小さく渦を巻いて流れる碧い水面を見つめながら、浅見は「また」の心情に想いを馳せて、眩暈《めまい》のようなものを感じた。

途中、少し早めの夕食をすませてから、六時を回った辺りで「ベイシー」を訪ねた。

古い蔵を改造したらしい、風変わりな店であった。「ベイシー」というのも変わった名前で、ことによるとジャズの「カウント・ベイシー」から取ったのかなと思ったが、一歩、店の中に入ってすぐ、その直観が裏付けられた。

ほとんど薄闇といっていいような暗い店内に、カウント・ベイシーの曲が流れていた。壁の至る所にレコードジャケットやポスターがディスプレイされている。

客はまだ入っていないらしい。二十席ほどはありそうな店の、右手奥がカウンターになっていて、その手前に、ラジオスタジオのようなガラス張りのブースがある。その中でレコードプレーヤーをいじっていた男が、客の気配を感じたのか、うるさそうにこっちを向いた。

「はーい、いらっしゃい」

一応は挨拶したが、ブースの中から出てくる様子もない。しようがないので、浅見は勝手に手近のテーブルを選んで、木製の椅子に腰を下ろした。

しばらく待たせてから、男はようやく水の入ったグラスを持ってきた。四十代なかばかどうかはともかく、痩せ型の中年男だ。鼻の下にあまり立派でない髭を生やしている。その髭のせいか、目尻が少し下がりめなせいか、強そうな感じはしない。

「何にします？」

グラスをテーブルの上に置きながら、ぶっきらぼうに訊いた。

「コーヒー、ください」

「ブレンドでいいですね」

押しつけるように言って、カウンターの向こうに入った。愛想のなさの割には、サイフォンで入れるコーヒーは本格的で、かつ真剣そうだ。薄闇の中に、コーヒーの芳香が充満した。

男はコーヒーを運ぶと、カウンターの中には戻らずに、ブースの手前にあるテーブルに向かって座った。テーブルの上には書物に囲まれるように原稿用紙が置かれ、何か執筆中らしい。

コーヒーをひと口飲んで、浅見は「旨い」と言った。お世辞抜きの感想だが、男はニヤリとしたきり、相槌も打たない。旨いのが当たり前だ——という態度である。

「失礼ですが、あなたが笠野さんですか？」

浅見は訊いた。男ははじめて「ん？」というふつうの反応を示した。

「そうですけど」

「僕は浅見といいます。フリーのルポライターをやっている者です」

「ああ、取材ですか」

笠野はたちまち、つまらなそうな顔になった。

「しかし、この店のことを記事にしても、もうあまりウケませんよ」

「は？　いや、こちらの取材に伺ったわけではありません。笠野さんにちょっとお訊きしたいことがあって来たのです」

「はあ、何でしょう？」

「つかぬことをうかがいますが、笠野さんは万年筆を紛失しませんでしたか？」

「えっ？……」

笠野の髭面に、がぜん警戒の色が浮かんだ。人なつこく見えた目が油断なく光った。

「おたく、警察ですか？」

「いえ、いま言ったとおり、ルポライターです」

万年筆と聞いただけで、なぜいきなり「警察」と反応したのか――と、浅見は予想以上の手応えを感じた。

「ふーん……」

笠野は立ってきて、浅見のテーブルの反対側の椅子に座った。上目遣いにこっちを見る様子は、なかなか精悍《せいかん》な感じだ。ことと次第によっては、人の一人や二人、殺してもおかしくないかもしれない。浅見はほかに客のいないのが、少なからず心配になった。

「だけど、どうして万年筆のことを知っているんです?」

突っかかるような口調だ。

「ここに持っているからです」

浅見は膝の上のブルゾンのポケットから、万年筆を取り出して、テーブルの上に載せ、笠野のほうにすべらせた。真剣勝負の抜き打ちにも似た、緊迫した一瞬だった。

「おお……」

笠野は呻《うめ》くような声を発して、万年筆を手に取った。よくぞ帰ってきた——という感動が声音に滲み出ている。

「これを、どうして、おたくが?」

疑惑と感謝の念がごっちゃになって、あいまいな物言いになった。

浅見は二の太刀をどう切り込めばいいのか、躊躇《ためら》いが生じた。下手に追い詰めれば、本物のナイフが飛んできそうだ。やはりここへは、小林を同行すべきだったか——と、悔いが走った。

「そうだ、それより、どうしてこの万年筆が私のだと分かったのですか?」

笠野は不思議そうに、あらためて万年筆と浅見を見比べ、それから愕然《がくぜん》として、

「じゃあ、あんたが殺したのか？」と、恐ろしい目をして浅見を睨み、体を斜めに反らした。

「殺した？」

浅見は一瞬、無防備で先制パンチを食らった。間抜けなボクサーのように棒立ちになったが、すぐに反撃に転じた。

「ははは、殺したのはあなたでしょう」

「おれが？　何を言ってるんだ」

「じゃあ訊きますが、笠野さん、あなたは九月四日の夜、どこにいましたか？」

「九月四日？　なんだいそれは？」

「どこにいましたか？」

「決まっているさ、この店にいたよ」

「証人はいますか？」

「証人？　そんなもの、掃いて捨てるほど、と言いたいが、五、六人かな。このところずっと平均して、そんなもんだ。もっとも、それが九月四日かどうかなんてことは、とても憶えちゃいないけどね」

「午後九時前後は？」

「そう、九時も十時も、まあ明け方まで似たようなもんだったな」

平然と答える様子は、出任せを言っているようには見えない。浅見は動揺した。

「じゃあ、八月三十一日の晩はどうです？」

「そんな昔のこと……ああ、その日のことは憶えているな。東京から小説書きが来て、夜っぴて遊んだんだ。だけど、そんなことを聞いて、どうしようっていうんだね」

浅見は言葉に窮した。この笠野という男は希代のペテン師か、それとも——。

「あらためて訊きますが」と、浅見はなるべく感情を抑えるようにして、言った。

「この万年筆は、いつ、どこで無くしましたか？」

「七月のはじめごろだったかな、この店でだよ」

「えっ、この店で？」

またまた意表を突かれたが、すぐに矛盾に気づいた。

「店で無くしたのなら、掃除をするときにでも出てくるでしょう」

「いや、無くしたというと語弊がある。盗まれたのだ。見知らぬ客があって、ちょっと油断していたら、いつの間にかやられた。その客が帰ったあと、万年筆が消えていたというわけだ」

「ふん、見知らぬ客ですか」

「そうだよ」

「要するに、どこの誰か分からないやつのせいにするつもりですね」

「いいや、分かっているよ」

「えっ？　たったいま、見知らぬ客と言ったじゃないですか」

「そのときは知らない顔さ。だけどいまは分かっている。新聞に出ていたからね」

「新聞に？」

笠野は用心深く身構えながら、浅見の前を離れ、自分のテーブルの上の新聞を持ってきた。地元紙の夕刊で、さっきまで読んでいたのだろう、社会面が広げてあった。

「真ん中の下辺り、写真が出てる」

笠野が離れたところから指さす先を、浅見は見た。

北上線で男性ひかれる——自殺か？

そういう見出しで小さく扱われていた。


九日夜十時前ごろ、北上線の下り快速列車『きたかみ5号』が、ゆだ錦秋湖駅にさしかかったところ、前方の線路上に人が横たわっているのを発見、輪島則夫運転士(32)が急ブレーキをかけたが間に合わず、車体の下に巻き込んでから停止した。

北上警察署が調べたところ、この人は免許証などから埼玉県三郷《みさと》市の会社員、宮瀬浩一(44)さんで即死だった。状況から自殺ではないかと見られるが、警察は他殺の可能性もあるものとして捜査をしている。なお、この事故のため『きたかみ5号』は現場で運転を取り止め、約二十人の乗客はバスで代替輸送をした。

読み終えて、浅見は新聞を取り落とすようにテーブルの上に置いた。自分でも、目が虚《うつ》ろになっているのを感じた。新聞の写真はたぶん免許証からとったものだろう。正面を向いた顔は、痩せ型の笠野よりもっと痩せて見える。浅見の脳裏には「幽霊」という連想が浮かんだ。

「あんた、殺ったのかね」

笠野が低い声で言った。さっきまでの居丈高《いたけだか》な気配は消え、どことなくいたわるようなニュアンスが込められている。しかし浅見はすぐに、そのいたわりが殺人犯に対するものであることに気づいて、憤然となった。

「冗談じゃないですよ。第一、新聞には自殺と書いてあるじゃないですか」

「いや、他殺の可能性もあるとも書いてあるよ。それに、だったら、なぜあんたがその万年筆を持っているんだ？」

「これは……これは警察から借りてきたものですよ」

この回答は効果的だった。笠野は意味が取れずに、ポカーンと口を開けた。

「この万年筆は、九月二日に、花巻で子どもが拾い、派出所に届け出たものです。それを僕が警察から借りて、落とし主を探し回ったというわけです」

「ふーん、ほんとかね？　だったら、どうやって私のものだってことを突き止めたのか、教えてもらいたいものだ」

笠野はまだ疑わしそうに言った。浅見はざっと、これまでの経緯を話して聞かせた。ペン先修理の職人から、銀座のＱ堂を割り出し、ここまで辿り着いた話だ。

「驚いたな、驚いた、いやあ、驚きましたねえ……」

笠野は何度も繰り返した。

「あんた、浅見さん、おたくすごいね。警察顔負けじゃないですか。ひょっとすると名探偵の素質がありますよ」

敬語に戻って、褒めそやしたが、ふと気づいて首をかしげた。

「だけど浅見さん、子どもが拾った万年筆でしょう。そりゃ、私にとっては大事だが、大して高価とも思えない万年筆なのに、なんだってそんなに苦労してまで、持ち主を突き止めようとしたんです？」

「この万年筆は、殺人事件の現場と思われる場所に落ちていたのです」

「えーっ、ほんとですか」

驚きの連続であった。

4

そのとき、三人連れの客が入ってきた。笠野は慌てて立ち上がり、「だめだめ、今日は休みなんだ」と叫んだ。

「なんだよマスター、せっかく来たのに」

「申し訳ない。ちょっと具合が悪くてさ、生理休暇ってとこかな」

「またいいかげんなことを……だったら表に営業中の札なんか下げておくなって」

「あ、ほんと？　それ、風で引っ繰り返っちゃったんだ。帰るとき、裏返しにしといてくれないか」

客たちは「しようがねえな」とぼやきながら、それでもおとなしく引き上げた。こういうマスターの気まぐれには慣れっこになっているらしい。

それから笠野は浅見のためにコーヒーを入れ直し、自分はオンザロックを持ってきて、浅見の前に腰を落ち着けた。

「花巻で殺人事件があったってことは知ってましたけどね、しかし、まさかこの万年筆が関係しているとは思いませんでしたよ」

「いや、万年筆が事件と関係があるかどうかは、まだ分かりません」

「それはそうかもしれないけど……少なくともこいつを盗んで行った宮瀬という男は死んじまったんですからね。まあ、自殺か他殺かはともかくとして。いやあ、新聞でこの写真を見たときはびっくりしましたよ。あ、こいつだって、すぐに分かりました」

「警察には届け出たのですか？」

「警察？　冗談じゃない、届けるもんですか。関わりになるのはごめんだし、それに、警察は嫌いでね……まさか浅見さん、警察にサシたりしないでしょうな」

「そんなことはしませんが、しかし、いずれは警察に届け出なければならないことになりますよ、きっと。なにしろ、三つの事件がからんでいるのですからね」

「だけど私は関係ないでしょう」

「ええ、関係ないからこそ、堂々と警察に行けるのじゃありませんか」

「それはまあ、そうですけどね……」

よほど警察と相性が悪いらしい。笠野はシュンとなった。

「それにしても、この宮瀬という人は、なぜ万年筆なんかを盗んだのでしょう？」

「よっぽどカネに苦労していたんじゃないですかね。うちの店に来たとき、勘定を払うのにポケットからしわくちゃの千円札を出してましたよ。それで、後ろ向きになって釣り銭を勘定している一瞬の隙に、万年筆をかっぱらったんですな。M社製だから、高そうに見えたのでしょう。実際、買ったときは高かったですがね。いまじゃ円高で、三分の一ぐらいじゃないかな」

いまいましそうな口ぶりだった。

「とにかく警察へ行きましょう。せっかくお店を休みにしたのですから」

「いや、休みにしたのは警察へ行くためじゃないですよ。だいたい警察はうるさくて嫌いなんです。深夜営業はいかんとか、騒音を出すなとか」

「だったらなおさら、この際、警察と友好関係を結ぶべきですよ」

「ははは、警察と友好関係ねえ……」

笠野は笑ったが、この発想は気に入ったようだ。「じゃあ、そうしますか」と立ち上がった。

浅見は警察へ行く前に、まず東京の猪俣三郎に電話をかけた。「また」の本名は「宮瀬浩一」ではないかと訊いたが、猪俣の記憶ははっきりしなかった。

「たしかにそんなような名前だったと思いますけどね、忘れてしまったですねえ」

頼りないが、短い期間の転校生だったそうだから、無理もないのかもしれない。そういえば『風の又三郎』もたしか十二、三日間の転校生だった。このぶんだと、地元紙に小さな記事が載ったくらいでは、かつての同級生であることに気づかなかった人が多い可能性もある。

しかし大杉はどうだろう。イジメのボス的存在だったし、「また」に刺されたという大杉なら憶えているかもしれない。

浅見は受話器を放さずに、大杉家のダイヤルを回した。電話口には大杉夫人が出た。暗く沈んだアルトで「ただいま、主人は外出しております」と言った。

そのあと、浅見は花巻署に電話した。すでに帰宅したかと思ったが、小林はまだ残っていて、「浅見さん、どうだったんですか？」と、気負い込んで怒鳴った。どうやら浅見からの電話を待ちかねていたらしい。

浅見は「『また』が何者か分かりましたよ」と告げた。

「えっ、誰だったんです？」

「これからそのことで北上署へ行くところですが、小林さんも来てくれますか。詳しいことは会って話します」

「分かりました、すぐ行きますよ」

小林はこっちの挨拶も待たずに電話を切った。

北上市へは、一関からだと四十数キロだが、花巻からはわずか十キロばかりだ。浅見たちが北上署に着くと、小林は玄関先で貧乏揺すりをしながら待ち受けていた。

「ここへ来るというから、とにかく飛んで来たけど、北上署がうちの事件とどういう関係があるんです？」

小林はいきなり訊いた。

「じつは、昨日の夜、北上線の列車に轢かれて死んだ男が、どうやら『また』らしいのです」

手短に、「また」を突き止めた、これまでの経過を話した。万年筆のペン先の修理をした職人を見つけ出したこと、銀座のQ堂で依頼者の笠野を聞き出したこと、そして笠野に会って、思いがけない「また」の最期に遭遇したこと……。

小林もまた驚きの連続であった。

「じゃあ、そいつは、宮瀬という野郎は、郡池さんと代田さんを殺して、自殺しちゃったというわけですか」

「まあ、そこまでは断定していませんが、その可能性が大きいと思います。しかし、いまはともかく、昨夜の事故の状況を確認するのが急務でしょう」

小林が先導して三人は刑事課へ行った。北上署は花巻署と較べると半分程度の規模で、刑事は十人ほどのスタッフだ。すでに小林がお膳立てをしてあったのか、捜査係長の河野という警部補が三人を応接室へ案内した。

「ひでえもんでしたよ」

河野警部補は思い出したくもない——というように、丸い顔を思いきりしかめた。昨夜の現場の惨状を言っている。

「生体反応はあったのですか？」

浅見は小林を差し置いて、まずそのことを訊いた。

「ああ、それは確認しました。死後轢断《れきだん》ではなかった。ただし、薬物を飲んでいたみたいですがね」

「薬物？」

「いや、といっても睡眠薬程度のもので、ただちに事件性を裏付けるものではないです。現に、運転士の話によると、列車が接近したとき、そいつが一瞬、こっちを見たっていうことだから、その時点まで生きていたことはたしかでしょう」

浅見はその光景を思い浮かべた。死を覚悟してレールの上に横たわった男は、最期の瞬間、本能的に身を避けようとしたのかもしれない。運転士を見たという、怯えた眼に、列車のヘッドライトが光ったことだろう。

「その男——宮瀬氏はそこまでどうやって行ったのですか？」

「車ですよ。現場から百メートルばかりの路上に車がありましてね、車検証などから宮瀬の車であることが分かった。荷物だとか衣類だとかの様子から見て、そいつは車で旅をしながら、車の中で寝泊まりしていたんじゃないかと思われますな」

「しかし、新聞には会社員と書かれてありましたが」

「ああ、東京の会社に勤めていたが、この不況で六月に倒産しましてね。組合はまだ解雇を認めないと頑張っているそうだが、退職金もろくに貰えないまま放り出されたのです。結婚もしてない独り者だから、多少は気楽だったようだが、元の同僚の話によると、かなり落ち込んでいたみたいですよ」

「じゃあ、自殺と考えられますか」

小林が訊いた。

「まあ、そういうことでしょう。といっても、まだ今日だけの情報だけどね」

「親兄弟は来てないんですか」

笠野が面白くなさそうに言った。

「いや、それは誰もいませんから」

浅見が言ったので、河野警部補は妙な顔をした。

「あなた、そんなことまで知っているんですか」

小林は河野に、浅見について概略を話しただけで、まだこまかいところまでは説明していないらしい。

「あ、じつはですね……」

浅見は答えようとしたが、このことを説明しようとすると、かなり長い話になる。

「偶然、宮瀬氏の昔の同級生と会って、聞いたのです。宮瀬氏は母一人子一人だったのですが、中学のときに母親が亡くなったと言ってましたから、たぶん天涯孤独ではなかったかと……」

「ふーん、そうですか、そいつは助かる。いや、この人の身内というのがまったく出てこないもんで困っていたのです。勤め先に訊いても、身内どころか経歴もさっぱり分からない。ま、そういういいかげんな採用をするような会社だからこそ、潰れちまったということもあるのかもしれませんがね」

警部補の冷淡な言い方を聞きながら、浅見は宮瀬という人物の人生を想いやった。中学のときに同級生をナイフで刺したあと、彼が単なる転校だけですんだかどうか疑問だ。動機はともかく、やったことはれっきとした傷害罪である。少年院送りになったとしてもふしぎはない。それから先も保護観察といったような状況があったにちがいない。

そういう前歴があって、おまけに天涯孤独ときては、進学も就職も大きなハンディを負っただろう。現実の「また」は『風の又三郎』のように颯爽《さつそう》と来て、颯爽と去ってゆくことはなかったのだ。

「宮瀬氏の車はここにあるのですか？」

「ああ、裏の駐車場に置いてありますよ。見ますか？」

全員が連れ立って駐車場へ行った。駐車場にはパトカーばかりでなく、覆面パトカーを含め乗用車が二十台ばかり並んでいる。その中でひときわ古く汚いのが宮瀬浩一の車だった。汚いのは外見ばかりでなく、河野の話したとおり、車内も雑然として生活の臭いが外まで流れ出てきそうだ。

「指紋等の採取はしたのでしょうか？」

浅見は訊いた。

「ああ、もちろんやりましたよ。ハンドルやノブからは宮瀬浩一の指紋のみが採取されました」

「といいますと、それ以外のところからは、ほかの人間のものも出たのですか？」

「それはそうです。整備の人間やら何やら、車にさわった者は宮瀬だけとは限りませんからね」

「その他の遺留品はどうでしょう？　たとえば髪の毛とかは」

「そこまではやってませんがね……」

河野警部補はジロリと浅見を睨んだ。

「だけどあなた、いやにこだわりますなあ。何か根拠でもあるのですか？　殺しの疑いがあるとか。さっき小林君からは、花巻の事件との関連性について疑いがあるとは聞いていたが、それはむしろ、自殺の可能性を示唆するものであると受け取ったのだが。そうでしょう、小林君？」

「ええ、そのつもりです。浅見さんだってそう思っているんじゃないんですか？」

小林は迷惑そうに言った。

「ええ、たぶん自殺だとは思いますが、ただ、宮瀬氏がなぜわざわざそんなところへ行って自殺したのか、理由がよく分からないもので……そうだ、警察ではなぜそこで自殺したとお考えですか？」

「そんなこと分かりませんよ。当人に聞いてみないことにはね」

面白くもないジョークに、誰一人笑う者はなかった。

「なんだったら、あなた、現場を見に行ったらどうです？　ここから三十分もあれば行けるから」

「そうですね、行ってみます」

浅見はすぐに応じたが、小林は河野の顔色を窺った。テリトリー外の事件に関与するのは、あまり好ましいことではないのだ。しかし河野は「いいでしょう、私が案内します、ちょうどいい時刻だ」と言った。いい時刻とは、昨夜の「自殺」の発生した時刻を指している。

浅見のソアラに四人が乗り込んだ。この車にこの人数はめったにないことだ。

東北自動車道の北上江釣子インターから入るとまもなく、「秋田道」が分岐している。まだ途中までしか開通していないが、いずれは秋田県横手まで延びるのだそうだ。

「高速道を造るのはいいが、出来るまで、在来の国道はまったく改良されなくてねえ」

河野はぼやくように言った。高速が通るから——というのが免罪符のようになって、それに並行する国道の改良工事などはまったく施されなくなってしまうのだそうだ。新幹線と在来線の関係とよく似ている。

むやみに屈曲が多くなったと思ったら、湖畔の道であった。時折、断崖の下に月を浮かべた湖面が見える。

「この先を左折」

河野の指示に従って左折すると、湖へ向かって切れ込む下り坂になった。湖畔近くまで下りて「天ケ瀬《あまがせ》橋」という長い橋を渡る。対岸の登り坂をわずかに行ったところが「ゆだ錦秋湖」駅であった。北上線のレールを跨《また》ぎ、V字型の谷の奥を迂回してくると、線路は道路の下をトンネルで抜けてゆく。

「ここです」

河野が言い、全員車を出た。

「車はここに停まっていました。事故はすぐこの下、列車がトンネルを出て三十メートルばかし行ったところです」

見下ろすと、二条の鉄路が半月の光を受けて、鈍く光っている。

「それにしても、なぜこの場所を選んだのですかねえ？」

浅見はそのことにこだわった。

「まあ、一つには車が通らないことではないかという説がありますね。この道はあと少しで行き止まりみたいなものだから。春先の山菜採りのときぐらいしか車は入ってこないのです」

「しかし、死ぬ方法なら、ほかにいくらでもあったでしょうに。わざわざこんな寂しい、幽霊でも出そうなところに来て、ここから線路まで下りてゆくのも大変だったのじゃないですかねえ」

「ああ、それはそのとおり、草が繁茂していて、すべりやすいですからね。現場に駆けつけた消防団員や捜査員も、何人かすべって転びましたよ。死んだ男も衣服にすべったような汚れがついてました」

「すべった——ですか」

浅見はちょっと引っ掛かった。

「すべりやすいということは、すべらせやすいことでもあるわけですね」

「ん？　それはどういう意味です？」

河野が闇の中で目を光らせた。浅見はそれには答えずに、「帰りましょうか」と車に戻った。

少しバックすると枝道がある。そこで向きを変え、坂を下った。橋を渡りきったところで車を停め、浅見は駅の明かりを見上げた。秋の月がぼんやりと山の端《は》を浮き上がらせている。月の虚像が湖面にユラユラ揺れた。

トンネルを抜けて、最終の下り列車が来るのが見えた。昨夜の「事故」を起こしたのと同じ「きたかみ5号」である。窓の明かりがキラキラと輝きながら空間をゆく。

（まるで銀河鉄道だな――）

そう思ったとき、浅見は宮瀬がなぜここで「自殺」しなければならなかったのか、その理由が分かったような気がした。

第六章　美しき修羅

1

翌朝の捜査会議で、小林部長刑事はこれまでの経緯を総括して、長い報告を行った。単なる経過報告というだけではなく、事件の真相のすべてに関わる、結論に近いものといってよかった。

要するに、郡池充および代田聡殺害は宮瀬浩一の犯行であり、その宮瀬は一昨夜、北上線で覚悟の自殺を遂げた――というものだ。まったくの手詰まり状態だった捜査本部の面々としては、あっけに取られて、しばらくは感想を述べる者さえいない、衝撃的な結末であった。

この日の朝、北上署では宮瀬の車の中から「遺書」と見られるものも発見している。河野警部補から小林宛にファックスが送られてきたのをコピーし、捜査員に配付した。

ご迷惑とは思いますが、こうするよりほかに方法がなくなったのです。思い返せば、生まれた時から不運な人生でした。父親の名さえ知らず、母親も早くして殺され、人を恨み憎み、復讐だけを心に抱いて生きてきたような気がします。このような惨めなことはしたくないのですが、これが私のような人間にはいちばん相応《ふさわ》しいのかもしれません。

小林の報告を裏付ける文面であった。やはり宮瀬は、少年の日に豊沢川で母親を「殺され」たことを恨みつづけていたのだ。

「よくやったね」

さすがの葛西警視も手放しで褒めるしかない。自分の部下でなく、所轄署の若い部長刑事ごときに事件を洗いざらい解決されたのでは、県警捜査一課としては面目が立たないのだが、仕方がない。

「いえ、これは自分の力ではなく、ほとんどが、主任が推薦された浅見光彦さんの活躍によるものです」

小林は正直に実情を説明するのと同時に、葛西の功績を持ち上げることを忘れなかった。もっとも、それはほぼ百パーセント事実であって、どちらかといえば、小林は浅見の捜査方針に難癖をつけた部分が多いのだ。

「そうか、やっぱり浅見さんか。私の目に狂いはなかったというわけだ。それで、その浅見さんはどこにいるんだね」

「たぶんホテルにいると思いますが」

「なんだなんだ、第一の功労者をほっぽっておいてどうする。ここにお連れしてさ、ご本人の口から状況を解説してもらうべきではないのかね。きみだけが美味しいところをさらうのはいかんよ」

「いえ、自分にはそういう……浅見さんが自ら、民間人が捜査会議にしゃしゃり出ては具合が悪いと言ったのでありまして」

「いいからいいから、とにかく、お連れしたまえ」

その浅見はホテルにいなかった。

浅見は大杉清隆を訪ねている。いずれ警察の事情聴取の対象になるだろうけれど、その前に直接会っておきたかった。

大杉は宮瀬浩一の名前を聞いた瞬間、深くため息をついた。「やはり」と、言葉には出さなかったが、そういう想いだったにちがいない。

「ご存じなのですね、宮瀬浩一を」

「ああ、知っております」

「幽霊の正体は宮瀬だとお考えですか」

「たぶん」

「一昨日の夜、自殺しましたが、そのこともご存じですか」

「ええ、新聞で見ました。警察に届けるべきかどうか、迷っていたところです」

「そうされるべきでした、一刻も早く」

「そう、そうなのでしょうな。しかし、ある事情があって、踏ん切りがつかなかったのです」

「豊沢川の溺れごっこですか」

「えっ？　どうしてそれを？……」

「それは大杉先生のヒントのおかげです」

「私のヒント？　私が何かヒントを上げましたかね？」

「ええ、『また』というのが人名ではないかという、そのことを手掛かりに、中学時代の同級生を尋ね歩きました」

「そうでしたか……」

大杉は軽率な失言を悔いるように、頬を歪めて言った。

「しかし、あの出来事は、ほんの少しの人間しか知らないはずですが」

「ええ、その人も正確な記憶はないと言ってました。宮瀬浩一の名前も思い出せなかったほどです」

「そうでしょうなあ……誰ですかそれは」

「名前は申し上げられません」

「ふーん、そうですか。しかしそうすると、やはり郡池君と代田君を殺《や》ったのは、宮瀬だったのですか」

「そのようです。少なくとも警察はそう判断しているでしょう」

「少なくとも——というと、そうでない可能性もあるのですか？」

「僕はそう思っています」

「ほう、それはどういうことですか？」

「郡池さんと代田さんが電話した相手が誰なのか、それが分からないからです。ことに郡池さんが『幽霊』のことを告げて、それもひどく怯えた様子だったことから言っても、昔の出来事もよく知っている人物と考えていいでしょう。その人物が明らかにならない以上、事件全体の真相が解明されたことにはなりません」

「なるほど、それでこのあいだ、あなたは電話の相手が私ではないかと言われたのですな。しかし浅見さん、あの出来事のことは、なるべくなら伏せておきたい人間もいるわけですよ。たとえば私からしてそうだ。教育の仕事に携わって、評論も書き、ことにイジメ問題などを、したり顔に書いている者が、過去にひどいイジメをやっていたなどと知られるのは、はなはだ具合が悪いのです。こんなお願いをするのは心苦しいが、あなたもひとつ、できるだけ内聞に頼みたいですな」

「承知しています。ご迷惑はおかけしないつもりです。ところで、先生以外にも、そういう人がいるのでしょうか？」

「それはおります。つまり、宮瀬に恨みを抱かれるような——という意味でですね」

「どなたですか？」

「私の口からは言えませんな」

「しかし、いずれは警察の事情聴取が行われます。そういう形でお話しになるのは、もっと不本意ではないでしょうか」

「うーん……」

大杉はしぶしぶ「金野という男です」と言った。

「金に野原の野と書く。金野為三です」

「何をしている人ですか？」

「あなたもご存じでしょうが」

「えっ、僕が知っている人物ですか？」

「そう、私と一緒にいるときに会っているじゃないですか」

「あ、じゃあ、あの市会議員の方ですか」

第二庁舎建設現場で、大杉とやり合っていたがっしりしたタイプの男が、浅見の脳裏に思い浮かんだ。たしか建設部会ということだったから、背後に庁舎建設を促進してもらいたい業者の思惑があったとしてもおかしくはない。

「分かりました。それでは早速、お訪ねしてみることにします」

浅見は立ち上がった。

「いや、それはいいが、私から聞いたとは言っていただきたくないですな。くれぐれもそのへんはよろしく」

大杉は念を押して、さらに首をひねりながら言った。

「それに浅見さん、あなたはそう言うが、宮瀬が自殺していることから言っても、やはり宮瀬の犯行と考えるほうが妥当な線ではありませんかねえ」

「ええ、おっしゃるとおりです。ただ、もう一人の人物が誰かを確認したいのと、それから、自殺といっても遺書もない自殺ですから、疑う余地はあるのです」

「ほう、遺書はなかったのですか」

「ええ、ありません」

浅見はそう言ったが、その遺書はけさになって発見されていたのである。ホテルに戻ってすぐ、かかってきた小林からの電話でその事実を知ることになる。

「えっ、遺書があったのですか？」

思わず失望感が口調に出た。

「ダッシュボードの奥のほうに入っていて、すぐには発見されなかったみたいです」

「それ、間違いなく遺書なんですか？　遺書ならもっと目につきやすい場所に置くのがふつうでしょう」

「しかしまあ、とにかく遺書であることには間違いないですよ」

小林は遺書の全文を読み上げた。

「悲しい文章ですねえ」

浅見は率直な感想を述べた。「復讐だけを心に抱いて生きてきた」というくだりなど、たとえ本人にどのような事情があったにもせよ、そこまで後ろ向きに生きる姿勢には、浅見は決して同情ばかりはできないと思った。しかも、自分の「惨めな」人生に幕を引く道連れに、二人の旧友を殺害しなければならない、どんな正当な理由があるというのだろう――。

「それに、その文面だと、事件のことについては何も触れていませんね。いや、自殺するとも死ぬとも、ひと言も書いてないのではありませんか？　それは本当に遺書なのでしょうか？」

「ははは」と小林は乾いた笑い方をした。浅見のしつこさに辟易《へきえき》した感じだ。

「まあ、どう見ても遺書以外のものとは考えられませんが。それとも、浅見さんには何かべつの考えがあるとでも？」

「分かりません。分かりませんが、こんな形で事件に終止符が打たれるのは、なんだかやり切れないではありませんか」

「ははは、そんなことを言ったってねえ……現実の事件はミステリーみたいなかっこいいもんじゃないですよ」

「そうでしょうか。とにかく僕はもうちょっと調べてみるつもりです」

「調べるって、まさか浅見さん、またぞろ大杉先生のところへなんか行ったりしないでしょうな。警察としてもいずれはあの先生からも事情を聴取しなければならないが、それには段取りというものがありますからね。勝手な真似をされては困りますよ」

「いえ、大杉さんのところには、たったいま行ってきました」

「えっ、行っちゃったの？　まずいよ浅見さん。それで、なんて言ったんです？」

浅見は大杉との会談の模様を、かいつまんで話した。

「やはり豊沢川の溺れごっこで、母親が死んだことを恨んだ犯行だろうということです。宮瀬が自殺した記事を見て、すぐに警察に届けようと思ったが、踏ん切りがつかなかったと言ってました」

「でしょうな、分かりますよその気持ち」

「このことはなるべく伏せて欲しいとも言ってました」

「もちろんそうするが、しかし、マスコミは目敏《めざと》いですからね。すぐにどこかから嗅ぎつけてくる。だからこそ、むやみに調べるわけにはいかないと言うのです。しかし浅見さん、そこまでやったんだから、もういいでしょう。あとは警察に任せて東京へ引き上げることを考えてくださいよ」

「そうはいきません。肝心なことが解決されていませんからね」

「肝心なことって、何です、それは？」

「郡池さんと代田さんが電話で話した相手が誰か、それが判明していません」

「そんなのは……」

何か否定的なことを言おうとしたのだろうけれど、後の言葉が出なかった。

「というわけで、僕はあと一人、その件を確かめに行ってきます」

「えっ、それは誰なんです？」

「いや、言えば止められそうですから」

「そんなにヤバイ人なんですか？　まずいですよそれは。相手によってはほんとにヤバイ人がいますからね。誰ですか、教えてくれませんか。かりにも連続殺人事件ですぞ。まあ犯人ということはないにしても、民間人の浅見さんが独走するのを知らんふりはできませんよ。どうしても行くって言うのなら、自分も一緒に行きます」

そうまで言われては断るわけにいかない。浅見は花巻署に寄って小林を拾った。

もっとも、行き先を「金野市議会議員宅」と告げると、またひと悶着《もんちゃく》になった。「それはまずいよ」「こまります」と、小林はしきりに泣き言を連発したが、浅見はついにそれを無視しきった。

2

金野は花巻市の西の郊外、花巻南インター近くにある彼のオフィスにいた。「マルキン建設株式会社　専務取締役」が金野の本来の肩書であった。花巻市建設業界の理事でもあり、岩手県の建設業界の中では一目も二目も置かれている存在なのだろう。市議会では若手のほうに属すが、建設部会の委員長を務める実力者だ。

役員室に案内され、金野はうわべだけは上機嫌で二人の客を迎えた。小林が手帳を示し名刺も出したが、浅見は名乗っただけで、小林の部下のような顔をして脇に控えていることにした。

「どうも、刑事さんの訪問というのは、べつに後ろ暗いところがなくても、なんとなく不気味なものですなあ」

金野は笑いながら言った。

小林はすぐに用件を切り出した。郡池充と代田聡の事件のことで――と言いかけると、「昨日の新聞に宮瀬浩一の名前も出たし、そろそろおいでになるかと思っていたところでしたよ」と先制パンチを繰り出してきた。

「あ、そうしますと、先生は宮瀬のこともご存じなのですね？」

「ああ、あれは中学時代に転校してきて、ほんの一時期だが同じクラスだった男です。もう調べられたのかもしれんが、わしと郡池、代田、それに大杉の四人グループにくっついて歩いて、いつもイジメられる役をやってましたな」

「そのイジメが嵩《こう》じて、宮瀬の母親が死んだそうですが」

「ああ、やはり調べがついてましたか。おっしゃるとおり、不幸な出来事が起きて……いや、悪いのはもちろんわれわれの側ということになりますがね。しかし、そんな大事件になるとは思ってもいなかった。すべては宮瀬の母親の早とちりなのだが、死んじまったのは事実で、これは取り返しがつかない。宮瀬は怒り狂いましてね。それも根が陰湿だから、その場ですぐには出さないで、葬式がすんで、ほっとしたようなとき、いきなりナイフで大杉を刺したのですよ。べつに大杉一人が悪いというわけではないのだが、宮瀬にしてみれば、手当たり次第というところだったのですかな。しかし、二十何年——三十年近い昔の話ですよ。なんでいまごろ、という気にもなりますよ。こっちはとっくに忘れていたが、執念深いというのか、復讐心で凝り固まっていたというか……」

豪放そうに見える金野だが、喋っているうちに気分が滅入ってきたのか、最後は声のトーンも沈んで、首を振り振り、黙ってしまった。

「今度の宮瀬氏の復讐劇ですが」と、浅見は口を開いた。小林が不安そうにチラッとこっちを見た。

「郡池さんを殺し、代田さんを殺し、その流れでいけば、次は当然、金野さんということが予想されるのですが、なぜ二人だけで止めてしまったのでしょうか？」

金野はジロリと浅見を睨んだ。妙なことを言う刑事だ――と思ったらしい。

「なんだか、わしが殺されなかったのが不満のように聞こえるが。二人も殺せば十分じゃないのかね。それに、それを言うのなら、大杉だって同じことでしょうが」

「大杉さんに対しては、その時点でナイフで刺していますから、復讐は終えていたと考えられませんか」

金野は反論に窮したように見えた。少し間を置いて、「なるほど」と言った。

「そうとも考えられるが、それで、あんたは何が言いたいんです？」

「いえ、べつに」

「べつにって、あんた、そこまで言う以上は何か考えがあってのことだろう。あたかも、真犯人は宮瀬ではなく、わしではないかと疑っているように聞こえたが」

「とんでもありません。第一、宮瀬氏は覚悟の自殺を遂げております。ただし、この自殺が偽装であるというのならべつですが」

「気に入らんなあ、そのただしつきが。偽装自殺であれば、という条件つきであっても、わしが犯人であるかもしれんと考えていることには変わりがないのじゃないかね」

「もちろん、その可能性は否定できません。しかし『自殺』の時刻に金野さんのアリバイがあれば、それだけですべての可能性は消えてしまうといった程度のものです」

「気に入らん、いや、ますます不愉快だな。そのアリバイというやつをはっきりさせてもらおうじゃないか。たしか一昨日の夜だったな」

「はい、そうです。北上線の上り最終列車が現場を通過するのは午後九時六分ごろ。それから同じレールを下り最終列車がやってきて、事故を起こした午後十時ごろまでのあいだ、現場付近に近づけないという証明があれば、いっさいの疑惑からは外されます」

「午後九時から午後十時までか、一昨日の夜だな……はははは、そんなもん簡単に証明できますよ。わしはそのころ、市内のエルというクラブで大杉と会っていた」

「えっ、大杉さんとですか？」

「ああそうですよ、まさに九時から十時ぐらいのあいだはそこにいた。大杉のほかにも証人はいくらでもいるが、いまのところ、大杉とは犬猿の仲だからね。これほど望ましい証人はいないんじゃないかな」

金野は愉快そうに言い放ち、対照的に浅見は絶句した。花巻市内から「事故」現場のゆだ錦秋湖駅付近までは、どうやって行っても四十分はかかる。かりにクラブを抜け出して偽装工作を施して戻ってくるとしても、往復一時間半も席をはずしていれば疑われるに決まっている。それより何より、浅見にとっては、金野ばかりでなく、かすかに可能性の残っていた大杉のアリバイまでが、同時に保証されたことがショックだった。

「大杉さんと」と、浅見はようやく言葉を出した。何も言わずにいると、敗北感に押しつぶされそうだ。

「犬猿の仲の大杉さんと、クラブで一時間も何を話しておられたのですか？」

「そんなこと事件とは……まあいいだろう、べつに隠す必要のないことだ。いま問題になっている第二庁舎建設に関して、反対派との妥協点を探る話しあいだよ。大杉のほうから申し入れがあって、エルで落ち合ったのだ。嘘だと思ったら、大杉に訊いてみるといいだろう」

「いえ、そこまでする必要はありません」

小林が脇から割り込んだ。このまま浅見に喋らせると、ろくな結果にならないことを恐れている。にもかかわらず、浅見は性懲りもなく言った。

「たしか、四十二歳の厄年のクラス会の際、大杉さんを次期市長候補にしようという動きがあったはずですが、その旗振りをされたのは金野さんではありませんか？」

「ほう、よく調べてありますなあ、さすがは警察だ、油断も隙もない」

金野は目を見張った。

「いや、クラス会のときだけでなく、その後もわしは本気でそう思っておりますよ。大杉はわれわれ同期の者の誇りだと思っている。教育評論で全国的に有名な人間が、この花巻から出ているというのは、花巻市はもちろん、岩手県全体のホープでもあるわけですよ。将来は代議士から大臣へと、国の教育行政にまで関与してもらいたい――と、そう信じておるのです」

演説口調で、一気に喋る。

「しかるになんぞや、人の気も知らずに、大杉はくだらん庁舎建設問題などで市議会に楯《たて》つきおって、建設部会委員長であるわしの面目を失墜させようというのだから、まったく怪《け》しからん」

「とおっしゃいますと、その晩の会談でも、事態は好転することがなかったというわけですね」

「そのとおり。だいたい、人を呼び出すからには、何か展望のある腹案でもあるのかと思ったが、相も変わらぬ杓子《しゃくし》定規なすじ論ばかりだ。もっとも、最後には推進派への妥協を考えるところまで軟化はしましたがね。だいたい、最初から城の遺跡なんてものにこだわるほうがおかしい。あんなものは、大地震でもきて崩れてしまえばそれっきりでしょう。世の中は進歩し変化してゆくのがいいので、何でもかんでも古い物を大事にしたら、狭い日本中、何もできなくなってしまう。古い文化は新たなる文化の創造に役立つべきものであるのに、それに歯止めをかけたり障害になったりしていいはずがないのです」

根っからの政治家志向タイプといっていいだろう。語るほどに自分の言葉に酔い、さらに熱弁をふるう。どこまでが信念なのか、どこからがご都合主義なのかはともかくとして、言っている内容にはそれなりに評価できるものがあった。

結局、二人の「捜査員」は金野の演説でけむに巻かれたようにして撤退した。

「浅見さん、頼みますよ」

小林は老人のようにくたびれた声で懇願した。

「相手は有力議員でしょう。自分はまだ馴染みがないし、浅見さんは、そう言っちゃ悪いが、完全な余所者です。そんな二人が、いきなり議員先生に殺人事件の容疑をかけるみたいなことをやったら、ふつうならただではすまないですよ。ひょっとすると、いまごろ署長のところに電話しているんでないかな」

「しかし、アリバイがはっきりしたのですから、結果的には金野さんにとってもよかったじゃありませんか」

「そんな……だいたい、宮瀬は自殺なんですからね。そこからして無理があるんだけどなあ」

小林はひたすら慨嘆《がいたん》する。

「本当に自殺ですかねえ」

「自殺でしょうなあ。遺書もあるのだし」

「その遺書だって、本物かどうか……そうだ、遺書の現物は小林さんも見ていないのじゃありませんか？」

「そりゃ、自分は送られてきたファックスしか見てないけど……しかし北上署でちゃんと調べているでしょう」

「筆跡はどうなんですか？」

「だから、筆跡鑑定だってやっているんじゃないんですか？」

「いや、そういう推測で言わないでくれませんか。とにかく実物を見に行きませんか。行きましょう」

浅見は畳み込むように言って、ソアラの鼻面を花巻南インターの方角へ向けた。

「そりゃまずいよ、まずいですよ」

小林は助手席でブレーキをかけるように、足を突っ張った。

「葛西主任は浅見さんを連れて来るように言ってましたがね、あんたが摑まらないもんだから、自分だけ置いて捜査本部のほとんど全員を引き連れて北上署へ行ってしまったのです。いまごろは、むこうで合同捜査会議の真っ最中でないかな。そんなところへノコノコ出掛けるのはどうも……」

「いいじゃありませんか、小林さんだって捜査本部の一員なのだから」

「そりゃそうだけど、浅見さんが行くのはまずいよ。まずいんだけどなあ」

いくらぼやいてもソアラは停まらない。最後は小林も諦めて、どうとでもなれ——とばかりに、シートベルトを締め直した。

北上署では当初、一昨夜の事件の処理は事務的に進めるはずであった。身元さえ判明すれば、自殺事件それ自体はありふれたものだ。ところがそこへ花巻署の連続殺人事件とのからみが持ち上がって、いっぺんに問題が複雑化した。

小林が予想していたとおり、浅見たちが到着したときには、県警の葛西警視以下、花巻署の捜査本部が丸々、北上署の大会議室に移転してきたようなありさまになっていた。

小林が浅見を従えて、おそるおそる入って行くと、会議室の正面にいる葛西警視が最初に気づいて、「やあやあ」と例によって大声をかけて寄越した。

「今回もお手柄でしたなあ」

うっかり言って、（あっ、しまった——）と口を押さえた。「今回も……」と言うからには、過去の浅見の「行状」についてもすべて調べがついているにちがいない。しかも、あの様子だと、葛西が照会した先で、その「事実」は伏せておいたほうがいいという指示まで出ているようでもある。

浅見は首をすくめて、あいまいにペコリと頭を下げたが、小林をはじめ周囲の刑事たちは「何のことだ？」というように、警視とルポライターの顔を見比べている。

「えー、じつはですな……」と、葛西が北上署のスタッフに向かって説明しかけるので、浅見は驚いて唇に指を当てたが、そうではなかった。

「こちらの浅見さんは、フリーのルポライター、つまり一般市民でありますが、今回の事件に関して、いろいろ情報を提供していただいております。今後も何かと参考になるようなご意見をいただけるものと期待しておるところであります。だろうね、小林君、どうなんだね？」

「はあ、じつは、浅見さんが、どうしても宮瀬の遺書の現物を見たいと言うので、仕方なく連れてきたんですが」

小林はこの期《ご》に及んでも、まだ浅見のせいにしたがる。

「いいじゃないの、見ていただこう。武藤課長、よろしいですな？」

葛西警視は北上署の武藤刑事課長に了解を取った。すぐに証拠物件である遺書が運ばれてきた。

　ありきたりの便箋いっぱいに、ブルーのインクで書いたものだ。罫《けい》を無視した大きな文字だが、なかなかの達筆といっていい。

「筆跡鑑定はすんでいるのですか？」

　浅見は武藤課長に訊いた。

「もちろんです。車の中にはこの便箋で書いたメモだとか、原稿用紙に書いた何かの童話か小説のようなものだとか、いろいろありましてね、筆跡を照合するのに苦労はありませんでした」

「万年筆は……」

　浅見はふと気がついた。

「この遺書を書いた万年筆はあったのですか？」

「ああ、それはあれでしたよ。例の浅見さんにご苦労をかけたM社製のやつでした」

　葛西が答え、それを補足するように、武藤が言った。

「車の中にあった書き物のほとんどは、鉛筆とボールペンでしたが、最近の物については万年筆を使っていたようです」

　浅見は宮瀬が嬉しそうに万年筆を使っている光景を思い浮かべた。「ハーモニカがほしかった……」という歌があるけれど、宮瀬はきっと、M社製のこの高級万年筆がずっと欲しかったのかもしれない。

「そうすると、この遺書は郡池さんが殺害された八月三十一日か、遅くとも九月二日——子どもに拾われた日より前に書かれたということになりますね」

浅見は言った。

「ん?……そう、ですな……そういうことになりますな」

葛西は不安そうに頷いた。

「それはおかしいですね」

浅見は首をひねった。

「自殺の十日近くも前に遺書を書くものでしょうか」

「なるほど、それはたしかに不自然ですが、しかし、これが遺書でないとは考えにくいですなあ」

葛西はあらためて「遺書」を手にすると、声を出して読みはじめた。

「ご迷惑とは思いますが、こうするよりほかに方法がなくなったのです。思い返せば、生まれた時から不運な人生でした。父親の名さえ知らず、母親も早くして殺され、人を恨み憎み、復讐だけを心に抱いて生きてきたような気がします。このような惨めなことはしたくないのですが、これが私のような人間にはいちばん相応しいのかもしれません」

少し岩手訛《なま》りのある朗読に、全員が耳を傾けていた。

「この文章の中のキーワードは二つと考えていいですね」

浅見はテーブルの上に戻された「遺書」を見つめながら、言った。

「第一に『こうするよりほか』の『こう』とは何か。第二に『このような惨めなこと』の『惨めなこと』とは何か――です」

「それはもちろん、死ぬことでしょう。死ぬよりほかに方法がなくなったというのは、かなり切羽《せっぱ》詰まった惨めな状態であることは事実ですからな」

「それでこういう、見ようによってはかなり謙虚とも取れる遺書を書いたわけですか。それならばなぜ……いや、いずれ従容《しょうよう》として自殺の道を選ぶつもりだったのなら、なぜ殺人を、それも二人も殺さなければならなかったのでしょうか？」

「うーん……そう言われると、そんな気がしないでもないが……となると、浅見さんはいったいこれは何だとお考えですか？」

「僕がもし、こういう情けない文章を書くとしたら、目的は無心でしょうね」

「無心？」

「ええ、金をせびるには、こういう哀れっぽい文章がぴったりです。しかも、相手に負い目があるようなケースでは、まさに厭味《いやみ》たっぷり。『母親も早くして殺され』などというくだりは、ナイフを突きつけるような迫力があります。これはほとんど脅迫状に近い効果がある手紙ですね、きっと」

「手紙？　手紙ですか、これは……」

「ええ、手紙の一部である可能性が大きいと思います。三枚書いた手紙の真ん中ではないでしょうか。おそらく一枚目には無心の内容が書いてあったと考えられます。三枚目はそれほど重要ではないかもしれませんが、相手の宛て名が書かれていたでしょうね」

「なるほど……」

葛西は欠けている二枚の便箋の文面を模索するように、視線を宙空にさまよわせた。

3

同じ提案や意見を述べても、これがもし警察庁刑事局長の弟である自分でなく、たとえば所轄の小林部長刑事であったとしたら——と、浅見は思わないではなかった。おそらく小林も、同じことを思い、悔しい気持ちでいたにちがいない。もっとも、小林は浅見の正体を知らない。葛西警視がなぜ浅見に好意的なのか、その真相を知らない。知らないからなおのこと不審な気持ちだろう。

とにかく、そういう「虎の威をかり」たにもせよ、浅見が言った「脅迫状に近い無心の手紙」という着想は、捜査主任である葛西警視を動かしたことは事実だ。

「これを無心の手紙だとして」と葛西は言った。

「宛て先は誰だと思いますか」

「それはもちろん、宮瀬が昔、イジメに遭った四人の仲間たちの中の誰かでしょう」

「となると、殺された二人ということになりますか。恐喝を蹴ったために殺されたという……」

「いや、それは違うでしょう……」

浅見は驚いて、思わずはげしく首を横に振った。

「主任さんは、あの二人を殺したのは宮瀬だとお考えなのですか？」

「そう考えましたが、違いますか？」

「あの二人を殺害すれば、宮瀬の死は自殺ということになりますよ。そういうストーリーでなければ、このドラマは幕が引けないじゃありませんか」

「ん？　だから、ですから、そういうことで決着したのではないですか」

「違いますよ、宮瀬の死が自殺でないことは、あの『遺書』が遺書でなく、おそらく手紙だったということを考えれば自明の理ではありませんか。しかも、送ったはずの手紙の一枚だけが宮瀬の手元にあった。全部でなく一枚だけというのが重要です。これによって、無心をされた相手が、宮瀬を自殺に見せかけて殺害したことは明らかです。おそらく、この手紙を見た瞬間、犯人は宮瀬殺害の方法を発想したにちがいありません。いや、もしこの手紙が、こんな形で、ちょうど『遺書』らしい部分が独立して一枚に書かれていなければ、犯人の頭にその発想は生まれなかったかもしれません」

浅見はそのときの「犯人」の心の動きが、手に取るように分かるような気がした。

「犯人は手紙の真ん中の一枚を『遺書』として宮瀬の車に置いたのです。したがって、すでに宮瀬より先に殺されている郡池さんと代田さんが、手紙の受取人であるはずは絶対にありえないのです」

「となると、犯人は残りの二人……」

「そうです、大杉さんと金野さんのどちらかに絞られます」

葛西が遠慮して口に載せなかった名前を、浅見はズバリと言ってのけたから、会議室の全員が息を呑んだ。

「恐喝される要素からいえば、現在の市議会議員である金野さんも、教育評論家である大杉さんも、似たような条件下にあるといっていいでしょう。その点、郡池さんも代田さんも、どちらかといえば平凡な人生ですから、過去の不幸な出来事を暴露されることによって、社会的名誉がいたく傷つくということはありません」

「しかし、実際にはその二人が殺害されているのですが？」

「そうなのです、そこが奇妙で、不可解なところです」

浅見は憂鬱そうに言葉を止めた。しかし、葛西もほかのみんなも、浅見の次の言葉を期待して、おし黙っている。

「その二人が、なぜ殺されなければならなかったのか……」

浅見は考えをまとめるように、ゆっくりと話した。

「宮瀬としては……かりに彼がたちの悪い恐喝者だったとしても、郡池さんたち二人を殺害する理由も必然性も、今となってはまったくないと考えていいでしょう。そう、宮瀬はあくまでも恐喝者であって、殺人鬼ではないのです。彼はただ、ひたすら金が欲しかった。おんぼろのマイカーの中で寝泊まりして、放浪の旅をつづけるための、ほんの少しばかり潤沢な資金が欲しかったのかもしれません。それと似たようなことは、僕も出版社相手にちょくちょくやっていますから、身にしみて分かります。宮瀬はその金策のために、かつての悲しいつらい思い出の街である花巻を訪れたのです。ただそれだけのことでした」

少しセンチメンタルではあったが「聴衆」を引き込む演出としては満点といえる。もっとも、浅見自身には演出の自覚はない。むしろ宮瀬の悲しい立場に感情移入して、あやうく涙ぐみそうになった。

ベイシーの笠野の話によると、宮瀬は「宮沢賢治は嫌いだ」と言っていたそうである。中学時代の宮瀬の境遇はまだ推測するしかないが、「父親の名さえ知らない」不幸な生い立ちからいっても、恵まれたものではなかったにちがいない。母親と二人、花巻にやってきた転校生・宮瀬浩一は、異質の精神風土の中でとまどったことだろう。

保守的で閉鎖的とされる東北地方・岩手県の中にあって、花巻はまだしも開放的で陽性な面がある。しかし、高いプライドと中央に対する抜きがたいコンプレックスが、意識下に共存することも否定できない。それはまさしく、複雑で陰影にみちた「宮沢賢治の世界」そのものだ。

生前の賢治をよく知る老人の話によると、宮沢賢治は「変なひと」だったそうだ。賢治の作品が当時の世に受け入れられなかった理由が、そのひと言「変なひと」で語り尽くされているような気がする。現代人が五、六十年もタイムスリップして過去の世界に行けば、やはり「変なひと」という目で見られるかもしれない。

その「賢治の国」花巻にきて、宮瀬少年は「また」と呼ばれた。風の又三郎の「また」だという。「しゅっこ」と同じように「また」「また」と囃《はや》され、からかわれ、「さいかち淵」で「溺れごっこ」の屈辱も味わった。あげくの果て、勘違いからとはいえ、母親を殺された。これでは宮沢賢治を好きになれと言うほうが無理だ。

不運な人生の締めくくりのように、宮瀬は花巻にきた。大嫌いな「賢治の国」にきた。そうするにはそうするなりの理由があったのだろう。そして、かつてのイジメグループの連中に「無心」を始めた。「このような惨めなこと」と書いたように、宮瀬にしてみれば屈辱的な選択だ。しかし、それと同時に、彼には（花巻には、そうしてもらっていいだけの「貸し」がある——）という、開き直った言い分があったかもしれない。

「宮瀬は花巻に来るのを、たぶん何度も躊躇したと思われます」

浅見は宮瀬の心情に想いを馳《は》せながら言葉をつづけた。

「彼は七月の頭に、すぐ近くの一関まで来ています。そして一関のジャズ喫茶『ベイシー』でマスター愛用の万年筆を盗んでいる。それほど窮迫していたのか、それとも単にその万年筆が欲しくてたまらなかったのか、それからそのとき、宮瀬が花巻に来たのか来なかったのか、もはや知ることはできません。いずれにしても、それから二ヵ月おいて花巻に現れた宮瀬は、幽霊のごとき恐喝者に変貌を遂げていたのです。四人の仲間の誰と誰に宮瀬が接触したのかも、いまとなっては推測するほかはありません。ただ言えるのは、宮瀬がその中の一人に無心の手紙を送ったことと、そのカタとしてベイシーで盗んだ高級万年筆を差し出したであろうことです。たとえ法外な金額を要求したとしても、カタがあるのだから、本人としてはそれほど罪の意識はなかったとも考えられますが、受け取る側の解釈は、まさに恐喝そのものだったでしょう。その万年筆を買えば、また次の無心がくるだろうことも想像できます。恐喝は一度、成功の味をしめると、とめどがなくなると考えるのが常識です。おまけに、宮瀬が動き回れば、三十年前の不祥事の記憶も、亡霊のように蠢《うごめ》きだすにちがいない。その恐怖を根本から絶つためには、恐喝者を消すしかない——そういう結論に向かったとしてもふしぎはありません」

「じゃあ、宮瀬を殺ったのは……」

葛西はまた、恐喝の被害者の名を口にするのを憚《はばか》った。代わりに浅見が、今度こそはっきり宣言した。

「大杉さんか金野さんか、その二人のいずれかが宮瀬を殺害したのです」

「しかし、その二人にはアリバイがあるじゃないですか」

「それは今後の課題です。アリバイ作りは完全犯罪の初歩にすぎません。作られたものなら、どこかに破綻《はたん》があるものです」

「うーん……それはそのとおりですがね、しかし現実に郡池さんと代田さんの二人は殺されていることだし、二人を殺害したあと覚悟の自殺を遂げた——つまり、すべては宮瀬浩一の犯行であると考えるのが、むしろ正しいように思えますがなあ。この遺書だって、万年筆を落とす前に、あらかじめ書かれていたものなのでしょう。だからダッシュボードの奥に突っ込んであったと考えれば、説明がつきます」

「あっ、なるほど……」

浅見は愕然とした。

「主任さんのいまの着想はすごいですね。僕はいままで、なぜ遺書がそんなに分かりにくいところに置かれていたのか、理解できませんでした。しかし、いまのご指摘ですっきりしました。犯人はすでに宮瀬が万年筆を持っていないことを知っていたから、遺書が以前に書かれたものであると装う必要があったのです。そこまで捜査側の心理を読み切っているのか……いやあ、なんという狡猾《こうかつ》さでしょう。みごとと言いたいくらいですね」

浅見はどう見ても喜んでいるとしか思えないように、両掌をこすり合わせた。

「ちょっと待ってくださいよ」

褒められた葛西のほうは、むしろとまどった。

「浅見さんはそう言うが、宮瀬が万年筆を持っていないなんてことを、犯人はどうして知っていたのですか？」

「そんなこと……」と、浅見は呆れて、一瞬言葉が途切れた。

「だって、さっき申し上げた推論を前提にすれば、万年筆は宮瀬が無心のカタに犯人に差し出してしまったはずじゃないですか。だからこそ、郡池さんが殺されたか拉致されたかした城跡下の現場付近に、犯人は万年筆を捨てることができたのですよ。警察の捜査によって、いずれはその付近が犯行現場であると断定されるであろうことも、現場の捜索で万年筆が発見されるであろうことも、そして宮瀬の『遺書』がその万年筆で書かれたものだと鑑定されるであろうことも、犯人はすべて予測し、あるいは想定していたとしか考えられません」

葛西をはじめとする県警捜査一課の猛者たちも、花巻署と北上署の刑事たちも、ただただ、浅見というルポライターの頭の回転のよさに圧倒されてしまった。それは同時に、犯人の才能を認めることでもあった。

「ただし」と、浅見は見ようによっては残念そうに言った。

「この優秀な犯人にも見通せなかったことが二つあります。一つは万年筆がもともとは宮瀬のものではなかったこと。もう一つは、万年筆は警察の捜索によって発見されたものではなく、子どもの拾得物で処理されそうになったことです。しかし結果的には、幸か不幸か僕というお節介焼きがいたために、それによって犯人の思惑が崩れるというほどの影響はありませんでした。警察の捜査は、まさに犯人が思い描いたとおり、宮瀬の犯行、そして自殺――というストーリーに展開したのです」

浅見が話し終えても、かなり長いこと、咳ひとつする者もなかった。

重苦しい雰囲気の中から、北上署の武藤刑事課長が、黙ってはいられないとばかりに言った。

「どうもよく分からないのだが、あなたの話だと、宮瀬は大杉さん、金野さんのいずれかを恐喝しようとして、逆に殺されたというのが結論ですか？」

「そうです」

「なるほど、それはそういうこともありうるとは思いますがね。それはいいのだが、あなたの言い方だと、なんだかほかの二人――郡池さんと代田さんの殺害もそれと同じ犯人がやったというふうに聞こえるのだが、それはどうなんですか？」

「ええ、そう申し上げているつもりです」

「えっ、じゃあ、犯人は三人を連続して殺害したというのですか？」

刑事課長ばかりでなく、捜査員のほとんどが息を呑んだ。人いきれでムシムシしているはずの大会議室の空気が一瞬、凍りついた。

「驚いたなあ、そんなばかな……いったい動機は何です？」

刑事課長はようやく、振り絞るような声を出した。

「それはあれでしょう」と、葛西警視が浅見を制するように言った。なんだか抵抗を諦めた無政府主義者のように、くたびれきった表情であった。

「要するに、浅見さんはこう言いたいのでしょう。宮瀬殺害の動機を隠蔽《いんぺい》する目的であると。ちがいますか？」

「はい、少なくとも動機の一つはそれだと思います」

浅見はかすかに頭を下げて、葛西の明察に敬意を表した。

「主任さんの言われたとおり、犯人は宮瀬を殺害するにあたって、郡池さんと代田さんまで巻き添えにしなければならなかったのですね。なぜかというと、宮瀬を殺せば、犯人が誰かはすぐに分かってしまう状況だったからです」

「それはどうしてです？」

刑事課長が訊いた。

「もし宮瀬が郡池さんや代田さんに会っていなければ、犯人は宮瀬だけを殺して、ひそかに死体を処理すればよかったのかもしれません。しかし、その二人は宮瀬の現れたことを知っていた。ことに郡池さんは『幽霊が現れた』といった表現で犯人に報告していたと考えられます。代田さんが知っていたと考える根拠はいまのところありませんが、郡池さんと親しい代田さんが郡池さんから連絡を受けていないとは考えにくい。警察だってまず最初に、電話の相手が代田さんではないかと疑ったのではありませんか？　犯人も同じように考え、危惧したことでしょう。もし宮瀬を殺せば、あの二人は自分に疑いを向けるだろう——とね。かりに二人が沈黙を守ったとしても、警察の捜査が進めば、やがて宮瀬と花巻との因縁が明るみに出て、三十年前の奇禍《きか》が暴かれ、関係者に対する事情聴取が行われるに決まっています。そこで犯人は、あたかも宮瀬の復讐劇が始まったかのごとく偽装工作を施すことを考えたのです。宮瀬が宮沢賢治に憎悪に近い嫌悪感を抱いていたことは、過去の悲劇的な出来事からいって、昔の同級生なら誰でも知っています。イギリス海岸、さいかち淵という賢治ゆかりの場所を殺害の現場に選んだのは、二人への復讐と同時に、まるで異文化のように宮瀬少年を弾き飛ばした『賢治の世界』への復讐を誇示したという印象を与えるためです。そして復讐劇が首尾一貫したものであることを演出し、完結させるために、宮瀬自身も、銀河鉄道の車輪に轢かれて最期を遂げたのです」

「銀河鉄道？」

「ええ、北上線の夜行列車を見上げたとき、僕はそう思いました」

「しかし、銀河鉄道のモデルがあそこだとは思えませんがねえ。むしろ、釜石線が北上川を渡る鉄橋とか、あっちのほうと聞いたような気がしますが？」

「それはおそらく、距離の問題があったからでしょう」

「距離の問題？　なんですか、それは？」

「つまり、花巻市内のクラブでアリバイを作るためには、クラブからあまり近距離では具合が悪かったのでしょう。釜石線の鉄橋では、ちょっと店を抜け出せば、犯行が可能という推測も成り立ちそうですからね。クラブから北上線の現場まで往復一時間半というのはまさにうってつけの距離と考えられます。しかもあの現場は夜間の通行はまったくなく、安心して作業を行うことができますし」

「その点ですがね」

刑事課長はなおも疑問を投げる。

「当署で調べたところによれば、事故の直前、運転士は明らかに宮瀬が動いて、列車のほうを見たと言っているのですよ。解剖所見でも、事故の時点では生きていたことが明らかになっていますしね」

「もちろん生きていたのだと思います。ただし、ほとんどもうろうとした状態だったのでしょう。そうでなければ、いくら痩せて軽量の宮瀬でも、おとなしく運ばれ、線路上に横たえられるのを、黙って従うわけがありませんからね。現に、解剖では睡眠薬らしい薬物の服用が認められたのではありませんか？　宮瀬は最期の寸前、列車の接近に気づいて、本能的に脱出しようと思ったのでしょう。しかし体のほうがすぐには言うことをきかなかった。わずかに運転士のほうに視線を向けるのが精一杯だったのです」

闇の中を接近するヘッドライトは、その時の宮瀬にはどのように映ったことだろう。巨大な流星が自分を飲み込もうとする幻想の中で、宮瀬は昇天したのかもしれない。

驚くべき、かつ完璧と思える推論――かとも思えるけれど、なみいる捜査員たちにとっては、それをそのまま、すんなり受け入れるには、あまりにも過激な事件ストーリーであった。

4

その気持ちを代表するように、武藤刑事課長が言った。

「まあ、浅見さんの仮説どおりだと仮定しても、いくら、保身のためとはいえですよ、恐喝者を殺害する目的で、はたして、友人の二人までも巻き添えに殺せるものですかね」

「もちろん、いまお話ししたようなことは、すべて僕の推論ですが、犯人が大杉さんであれ金野さんであれ、そんな大それた犯行を思いつくとは、僕だって考えたくありません。なぜそうしなければならなかったのか、せめてそれなりの理由があったことを信じたいものです。それから、疑問といえばほかにも、たとえば、郡池さんと代田さんが連続して不審死を遂げた時点で、宮瀬が疑惑を抱かなかったのか――という問題もあります。車での生活をしていましたから、情報不足ということもあるでしょうけれど、犯人に対して何の疑惑も抱かなかったとは考えにくい。にもかかわらず、みすみす犯人の餌食になったのはなぜなのか――そういったことを含めて、真の犯行動機や、いったい彼らに何が起こったのかといったことは、今後の事情聴取などで明らかになってゆくものと思っています」

「しかし、大杉さんも金野さんも、社会的な地位もあり、良識もある紳士ですからねえ。そういう方がそんな無茶苦茶な犯罪を犯すものだろうか」

「お言葉ですが」と、浅見は少し眉をひそめて言った。

「犯罪は社会的な地位とは無関係に起こるものだと思います。むしろ、社会的な地位や財産、名誉などを持つ人間が、その保全と拡張のために罪を犯す例のほうが多いのではないでしょうか。こんなことを僕ごときが言うのはおこがましいですが、ともすれば警察は、社会的な地位の上下によって判断を誤ることがありがちです。今回の事件の場合、宮瀬の犯行と見るのは容易に納得できるのに、大杉さんや金野さんの犯行だとする考え方には抵抗を感じてしまうとすれば、それはある種の偏見だと思います。公平に見れば、むしろ、三十年も昔のイジメを恨んで、宮瀬浩一が二人の旧友を殺害したとするほうが不自然で、ありえないことと思うべきです。そうではないでしょうか」

これまた正論であった。誰も文句をつける者がいない代わりに、会議室には白けた雰囲気が流れた。葛西警視以外の捜査員のほとんどは、こんな、どこの馬の骨とも知れぬルポライターなんかに、でかい顔されて——という顔だ。

その中から、またしても武藤刑事課長が口を開いた。

「浅見さんの説はよく分かりました。一つの仮説としてはきわめて興味あるものだし、その可能性をまったく否定するものではありませんがね、しかし、そこには重大な欠陥が積み残されているわけですよ。それは何かというと、大杉さんと金野さんのアリバイです。あなたもさっき言われたが、花巻市内のクラブから北上線の現場まではまさに往復一時間半。これがあるかぎり、大杉、金野の両氏のいずれかの犯行であるという説は、現実問題として、物理的に不可能と言っていい。第二庁舎問題以降、敵対関係にあるといわれる二人が、相互に相手のアリバイを立証する立場にあるわけだし、それ以外の店の人間もいいかげんな証言をするはずがない。宮瀬殺害についてそうなのですから、当然、郡池さんおよび代田さんの事件についても犯人ではありえないという論理になりましょうな。さきほど浅見さんは、アリバイ作りは完全犯罪の初歩にすぎないように言われたが、それを解くことができなければ、文字どおり完全犯罪が成立してしまうわけです。この点はいったいどう解決するつもりですか」

捜査員はいっせいに浅見の口許を見た。「さあ、お手並み拝見」というより、この難問に対する答えなど、あるはずがない——という皮肉な目が多いのも事実だった。

「もしも、大杉さんと金野さん、それに二人と同席していたクラブの人たちが共犯関係になかったとすれば、答えは一つしかありません」

浅見はあっさり言った。

「つまり、どちらか一人が犯人で、共犯者がほかにいるというものです」

「いったい浅見さん」と、武藤はじれったそうに言った。

「あなたが犯人だと思っているのは、大杉さん金野さんのどっちなんです？」

浅見は困ったように苦笑いした。それから傍らの小林部長刑事に視線を送り、「たしか、小林さんは金野さんに会って、金野さんと大杉さんがエルで会ったいきさつを聞いてこられたのでしたね？」と言った。

とつぜん水を向けられて、小林は慌てたが、すぐに浅見の意図を察知したように、つっかえつっかえしながら喋った。

「えー、本日、金野さんを訪ねて事情を聴かせてもらったところ、たしかに、一昨日の夜は、大杉さんと会っておりまして、えー、午後の九時から十時までエルにおりまして、それはですね、大杉さんから急に呼び出しがあって、第二庁舎の建設問題について、妥協の道を話しあうというものであったそうであります。まあ、話しあいは大した収穫もなかったそうですが……」

「あ、小林さん、それで分かります。要するに、エルで会ったのは、大杉さんのほうが誘ったということですね。しかも急に」

「そういうことです」

浅見は大きく頷いたが、それっきり、ニコニコ笑いながら、黙っている。

「だからどうだというのですか？」

武藤がしびれを切らせ、面白くなさそうに言った。小林がびっくりして立ち上がり、「は、あの……」と言いかけた。

「いや、きみじゃなく、浅見さんに訊いているのです」

「えっ？」と、浅見は小林に負けずに驚いて、立ち上がった。

「これ以上、僕ごときが喋っていいのですか？　犯人を特定するようなことを」

「…………」

武藤はグッとつまった。

「つまり、こういうことでしょう」

葛西警視が助け船を出した。

「エルでの会合の筋書きを書いたのは大杉さんだということでしょう。そうですな、浅見さん」

「ええ、そのとおりです。急に呼び出しをかけて、しかも大した話ではなかったということも重要です」

「なるほど。で、残るは共犯者ですが、それについてはどう考えているのです？」

「それはもう、僕などにはどうすることもできません。警察の科学捜査に任せるほかはないでしょう。たとえば、北上線の現場近くにあった宮瀬の車から、どういう遺留品が出てくるのか。髪の毛のDNA鑑定はどのような結果になるのか。現場周辺の泥、または草などが、どこかの家の靴などに付着していないか。あの急な斜面では、滑ったり転んだりしたでしょうからね。もしかすると、擦《す》り傷の一つや二つはできたかもしれません。そういったような、今後の調査は、到底、素人の力の及ばない世界です」

浅見は言い終えて、低く頭を下げた。その頭の中には、大杉家でひと目見ただけの大杉夫人の、白い横顔があった。

秋分の日、花巻市立文化ホールでは、市民などおよそ千人の聴衆を集めて「イジメ対策フォーラム」が開催された。花巻市でもこのところ急増の傾向がみられるイジメ問題について、各界の識者数名がパネラーとなって意見を述べる催しだが、その中心は、教育評論でいまや全国的に注目を浴びている大杉清隆の講演である。当初予想された教師や父母といった当事者ばかりでなく、学生から児童にいたるまで、幅広い参加者で、開館前から長い列ができるほどの盛況であった。

大杉はまず、「子どもは善であり、大人は悪であるという、幼稚な考え方を捨てるべきであります」と言った。

「やや旧聞に属することでありますが、ここに超党派の女性代議士二十名ほどが『いじめに悩む子どもたちへのメッセージ』を作り、それぞれの選挙区で配布した文章があります。『きみに教えてほしい、わたしたちおとなに、きみたちこどもの世界を。わたしたちおとなは考え直したい、息苦しい時代にしてしまったことを。あなたに伝えたい、わたしたちおとなは、あなたの勇気と力とやさしさを、信じていることを。きみに約束したい、きみの体いっぱいに、朝がくることを、あなたの前に輝く未来があることを』。これはいったい何でありましょう。このように歯の浮くような、中身のない美辞麗句を並べたて、なにほどかの効果があるとでも思っているのでしょうか。

こういった情緒過剰な訴えかけをするという姿勢の根幹には、すべて、子どもは善なる存在であり、大人は悪いものという、およそ幼稚きわまる決めつけがあるとしか考えられません。これはかつて、すべての労働者が善であって、すべての資本家が悪であるという論理がまかり通ったのと通じる、まことに単細胞的な偏見であるというべきでしょう。

そもそも、『わたしたちおとな』などとひとまとめに括《くく》ってもらいたくありません。たしかに、あなたたち政治家はひょっとすると『子どもの世界を息苦しい』ものにしてしまったのかもしれないが、私にはそんな覚えはないと言いたい。おそらくみなさんの多くもそんなことをした覚えはないと思います。

また、ある教育ジャーナリストはこういうことを書いています。『まちがったり、迷ったり、ボケーッとしたり、夢中になって遊んだりケンカしたり、親にバカヤローと言ったり、教師に抵抗したり……そういう子どもを子どもとしていさせてくれる時間も場所も、今はない。全部私たちおとなが「子どものため」と言いながら奪ってきた』。さて、みなさんはどう思いますか？　親に『バカヤロー』とか『あんた』とか言う子どもが、昔より減ったと思いますか？　教師に抵抗する子どもがいなくなったと思いますか？　時間も場所もないどころか、いまの子どもたちは、いま言ったようなワルを、やりすぎるくらいやっているのではありませんか？　おとなたちは『全部奪う』どころか、自分の居場所を奪われているくらいです。

いま挙げた二つの例は、だらしのないおとなの典型ですが、こんなふうに、おとながみんな悪うございましたと言っていれば、それで子ども世界の問題がすべて片づくと思ったら大きな間違いなのです。

子どもにとって、いまの世界が息苦しい状況とは、私は思いません。丁稚奉公《でっちぼうこう》や婦女子の人身売買のことまで持ち出すつもりはありませんが、かつての窮乏にあえぐ時代からみれば、現在の子どもたちは恵まれすぎるほど恵まれています。おとなたちは『全部奪った』どころか、むしろ与えすぎたと考えるべきです。金銭や物品だけでなく、愛情だって与えすぎています。そしてその最大の贈り物が教育であります。

戦後日本が新憲法下で与えた子どもたちへの贈り物は六・三制の義務教育でありま

す。教育の機会均等を具現した義務教育制度によって、日本社会は大きく変貌を遂げることになりました。これを悪法だなどと言うひとはおそらくいないと思います。貧富の差なく等しく教育を受けることを『義務』と定めたことは、日本の政治が放った大ヒットといえましょう。同じ『義務』でも、それまでの徴兵制度とはまさに天地雲泥のひらきがあります。この贈り物は国民も大切にしなければならない。ことに子どもたちは、過去の苦しい時代を生きた子どもたちに思いをいたし、いまの幸せに感謝し、大切にしなければならないはずなのです。

それにもかかわらず、イジメ問題などが起きるというのは、その根本的な教育の意義を見失っているからにほかなりません。義務教育はあくまでも義務なのであって、権利ではないことを、子どもも親も教師も、あらためて認識しなおすべきです。子どもの中には、親に頼まれるから勉強してやっているんだとか、学校へ行ってやっているんだなどとうそぶく者もいます。そんなやつは学校へ行くことはない、どこかへ働きに出ろ――と言いたいが、義務教育制度が邪魔をする。何のことはない、義務教育で苦しんでいるのは親と教師だけで、本来、もっとも恩恵にあずかっているはずの子どもは、おとなをばかにし、教師をばかにし、あげくの果て、イジメを始める。この甘えた考え方を許しているかぎり、イジメのタネは尽きないし、イジメを根絶することなどできません」

大杉の講演は分かりやすく、しかも単なるきれいごとでない内容であった。会場は水をうったように静まりかえり、かと思うと爆発的な拍手で沸いた。子を持つ親、イジメ問題に悩む教師にとって、一種の聖域のように守られている子どもの世界を、こんなふうにきびしく決めつける論調は、なかなか聞くことができないものである。もちろん、反論もあるだろうけれど、小気味よく、気分がスカッとした聴衆のほうが圧倒的に多かった。

一時間におよぶ講演を終え、盛大な拍手に送られて、大杉が控え室に引き上げてくると、花巻署の刑事が二人、待っていた。

「ちょっとお訊きしたいことがありますので、署までご足労願います」

小声で丁寧な口調だったが、逆らえないものであることを大杉は感じた。

訊問は葛西警視自らが当たった。大杉に敬意を払ったものだ。脇には捜査の経過について熟知しているのを買われ、小林部長刑事が控えた。

当初、もちろん大杉は容疑を否認した。何のことか――という態度であった。

「宮瀬君のことは憶えています。私がそもそもイジメ問題に関心を抱いたきっかけは、遠く、中学時代のそういう記憶があったからではないかと思っているのです。あれはいまでいうところのイジメとは思わないが、しかしそれでも悲劇は起こる。まして現在のようにイジメがエスカレートして、強盗まがいのところまですすめば、自殺や仕返しに走る子も続出するかもしれない。それを危惧し、なんとか防止する方策はないものかと、そう日夜考えているのです」

まるで講演のつづきのように、大杉はよく喋った。葛西は相手に喋るだけ喋らせる方法を取った。

「ところで、郡池充さんと代田聡さんを殺しましたか？」

大杉の話など、何も聞いていなかったかのように、しらっとした顔で、言った。大杉は屈辱と恐怖で真っ青になったが、しかし語気だけは鋭く「ばかなことを」と怒鳴った。

同じころ、べつの刑事が鑑識課のスタッフ数名とともに大杉家を訪れている。応対する夫人に捜索令状をつきつけ、家宅捜索を開始した。すでに数日前、小林が訪問して世間話のような事情聴取をおこなった際、洗面所を借りてヘアブラシから夫人の髪の毛を採取し、それを宮瀬の車から発見された、唯一の女性の髪の毛と照合してある。

この日の捜索では、夫人の靴と車のフロアシートに付着した泥と植物の断片などを採取した。夫人は白い顔で、何も言わず、ぼんやりとその光景を傍観していた。

翌日、まず夫人が宮瀬浩一殺害容疑で逮捕された。さらにその翌日、夫人の自供に基づき、郡池充および代田聡殺害死体遺棄容疑で大杉が逮捕された。

大杉ははじめ頑強な否認をつづける姿勢を示したが、夫人が自供したことを伝えると、まもなく、諦《あきら》めたようにすらすらと事件の全貌を語り始めた。

宮瀬浩一が花巻に現れたのは八月二十七日だったようだ。

秋の前触れのような雨が降った日の夕方、城跡下の道を歩いていた郡池が、傘もさずに石段を下りてくる宮瀬に出会った。

郡池は最初はもちろん誰か分からなかったそうだ。濡れそぼったワイシャツの肩の骨が、ギョッとするほど突き出しているのに、思わず視線を送った先で、骸骨のような顔がニヤリと笑った。

「郡池君だね」と骸骨は言った。

「武蔵屋呉服店の郡池君だろう？　分かるかい、またただけど、また」

雨の雫《しずく》が流れる顔を、こっちの傘の下に入りそうなところまでグッと近づけた。

その瞬間、郡池の脳裏にさいかち淵の水面から、目と口だけを出して泣き笑いのような奇声をあげていた「また」の風景がフラッシュバックのように閃いた。

「あっ、ま・た――か……」

郡池は立ちすくんだ。

大杉への電話で郡池は、「幽霊みたいな顔は間違いなく『また』だったけど、おれ、名前が思い出せなくてさ。代田も『また』の本名は分かんないそうだ。大杉君なら憶えているはずだよな」と言っている。

「いや私も記憶がないな、なんといったかな？　しかし、ほんとに『また』なのか？」

大杉はそうとぼけたが、じつはその電話を受けたとき、大杉は宮瀬からの手紙を受け取っていた。その手紙にも「また」と書いてあった。

謹啓　私は宮瀬浩一、「また」であります。このたび懐かしい皆様をお訪ねしたいと思います。大杉君の名前は書店の教育書のコーナーで沢山拝見しております。立派になられましたね。それにひきかえ私は貧乏をしております。つきましては、いろいろお世話になった皆様に少しばかりのご援助をしていただきたいと思っております。

ご迷惑とは思いますが、こうするよりほかに方法がなくなったのです。思い返せば、生まれた時から不運な人生でした。父親の名さえ知らず、母親も早くして殺され、人を恨み憎み、復讐だけを心に抱いて生きてきたような気がします。このような惨めなことはしたくないのですが、これが私のような人間にはいちばん相応しいのかもしれません。

郡池君や代田君、それにちょっと名前を思い出せませんが「キンちゃん」のところにも行くつもりです。どうか昔のよしみで、助けていただきたいものです。ではその節はよろしく。

敬具

八月二十二日　宮瀬浩一

大杉清隆様

『『また』のやつ、代田と大杉君のところへも行くとか言っていた。おれのところにもまた来るとも言った。幽霊みたいに気味が悪いぞ。何をするか分からないぞ」

電話の郡池の声は震えていたそうだ。

「心配することはない」と大杉は落ちついて言った。

「それと、このことはあまり騒ぎたてないほうがいいな」

「ああ、そうだね。ことにあんたの場合は名誉にかかわるからな」

「ん？　いや、私だけじゃないさ。そうだ、金野はこのこと、知っているのか？」

「いや、あれはまだ知らない。『また』のやつ、金野の名前だけは忘れたらしい。『きんちゃん』と言ってやがった。金野の家は市外へ引っ越したし、あんたみたいな有名人じゃないしな」

「そうか、だったら教えないほうがいいな。金野は乱暴だから、宮瀬が行ったら、何をするか分からない」

「ああ、そうだな、そうしよう」

「それから、私のところにはしばらく電話をしないほうがいい。もしどうしても連絡を取りたければ、呼び出し音を二度だけ鳴らして切れ。すぐに折返し電話するからな」

「分かった」

郡池はそう言って電話を切ったが、大杉がなぜそんな面倒な「とり決め」をするのか、その真意には気づいていなかったらしい。むろん、大杉としては、郡池の電話がNTTの通話記録に残ることを警戒したのである。

その日の夜、宮瀬は大杉を訪ねている。雨はやんでいたが、着ているものはまだ濡れたままだった。玄関にヒョロッと立った姿は、幽霊そのものに見えた。ニヤニヤ笑いながら、上目遣いにこっちを見る目に、大杉はゾーッとした。

応接室に通して、夫人がお茶と菓子を出すと、飢えたようにガツガツと食った。

それから「手紙の件、よろしく頼む」と言って、万年筆を出した。古そうな万年筆だったが、大杉は十万円を封筒に入れて渡した。宮瀬は中身を数えて、明らかに不満そうに大杉を睨《にら》んで、「これは預かっておく、また来る」と言った。

「そのとき、ふいに殺意が生じました」

大杉はそう供述している。それ以降の「出来事」は、ほとんど浅見光彦の想像したとおりのものだったから、葛西をはじめ捜査員たちはあらためて驚かされた。

八月三十一日の夜、郡池が「さっき、またに会った」と電話で話したとき、大杉は「本当かね」と、呑気そうに答えた。宮瀬に恐喝されたことなど、おくびにも出さなかった。郡池はさらに怯えて、「まただよ、間違いねえ」と、抑えた声で叫んだ。「カネをせびられた。どうしたらいい？」とも言った。

ひどいうろたえようだった。あの「幽霊」を見れば、平静でいられないほうがふつうかもしれない。その幽霊よりも、郡池の狼狽《ろうばい》ぶりのほうが恐ろしくもあった。狼狽のあまり、あらぬことを口走らないという保証はない。

もともと郡池にしろ代田にしろ、大杉にとっては鬱陶しい存在であったことも否定できない。二人は昔の「さいかち淵」での不幸な出来事を忘れてはいなかった。忘れたどころか、何かの会合でアルコールが入ったときなど、その話を持ち出しては、大杉をからかったりもした。

彼らにしてみれば、今や雲の上の人になってしまった大杉と、同等のレベルで話すテーマとしては、そういう少年時代の「悪さ」のほかにはなかったということなのかもしれない。しかしそれは大杉にとっては古傷に触られるように辛い話である。その話題を持ち出されるたびに、背筋に汗が生じ、周囲の人の耳を気にし、怯えた。それを知りながら、いや、知っているからこそ、二人は面白がって昔話を持ち出すようなところもあった。

「イジメ問題のオーソリティである大杉先生がよ、ほんとうはイジメの大将だったとか、イジメられた子の母親が死んじまったなんてことが世間に知れたら、ちょっとまずかんべえな」

あまりいい気になって、おれたちを粗末に扱うなよ——という、それは脅迫にも通じるものがあった。

宮瀬が現れたことで、彼らが騒ぎ立て、その「旧悪」を言い触らせば、これまで築き上げてきた大杉の「名声」は一挙に崩壊してしまう。

大杉は不安に襲われた。一刻の猶予もならないと思った。

「とにかく善後策を講じよう、これから迎えに行く」

城跡の下で万年筆を捨て、郡池を拾うと、自宅に戻り、躊躇なく殴り殺した。なるべく乱暴な手口がいいと勧めたのは夫人だった。もっとも、すぐに死にはしなかった。人間がそう簡単に死なないものであることを、大杉ははじめて体験した。

それから予定どおり、夫人と力を合わせて瀬川に虫の息の郡池を捨てた。以前、瀬川に落ちた子どもがイギリス海岸に出るところのニセアカシアの根っこに引っ掛かっていたことを、大杉が憶えていた。北上川の本流の圧力で、漂流物はイギリス海岸の「頭」に押しつけられるのだそうだ。

郡池の事件のあと、代田は大杉に電話で、宮瀬が現れたことと何か関係があるのではないか——と訊いてきた。警察がまだ殺人事件と断定していない時点のことだ。

「いや、そんなことはないだろう。しばらく様子を見たほうがいい」

大杉はそう言ったが、その翌日には犯行計画を実施している。

九月四日の夜、大杉は代田に電話した。代田は自宅にいたが、三度目まで、電話にはのり子夫人が出た。大杉は「無言電話」を装った。四度目に代田が出たとき、大杉は「家族に知られないほうがいい」と釘を刺しておいてから、宮瀬が現れたことを告げた。

「金を貸せと言うから断ると、殺してやると捨てぜりふを残して帰った。もしかすると郡池も宮瀬に殺られたのかもしれない」

「ほんとかよ。そういえば、郡池はおれのところにも来るかもしれないと言っていた。どうすればいい？　警察に言うか」

「そうだな……とにかく緊急に対策を講じよう。それより、家族に心配させるのはよくない。これから迎えに行くから、国道の角まで出ていてくれないか」

代田もまた郡池のときと同様に自宅に連れ込み、夫人の入れたコーヒーで毒殺した。

さいかち淵で代田が「毒もみの好きな署長さん」を演じたことを知って、宮瀬は疑惑に襲われたようだ。

大杉が花巻温泉で会合があって不在のときに、宮瀬は大杉家にやって来た。門内の駐車スペースに大杉の車がなかったから、不在であることは分かっていたはずだが、宮瀬はその空間に汚い車を乗り入れ、夫人独りの家に上がり込んだ。

「どうもおかしいな、あんたのご主人は何か知っているんじゃないか？」

黄色く濁った目を向け、臭い息を吹きかけるように、宮瀬は言った。

「さあ、わたくしは存じませんけど、主人はもうじき戻ります。少しお待ちいただけませんか？」

夫人は落ち着いて答え、宮瀬の足を引き止めるために、少し多めの睡眠薬をコーヒーに垂らし、宮瀬が眠りに落ちると、念のために睡眠薬の注射を施した。看護婦時代の経験は決して無駄ではなかった。

大杉夫妻は、大杉が夫人の勤める病院にカウンセリング担当の若い「先生」として赴任したときに知り合い、ごくありふれた恋愛をし、結婚した。大杉は教育心理学のエリートではあったが、恋愛心理学でも、その後の処世学においても、夫人にリードされることが多かったようだ。そうして、夫人の思い描いたとおりの栄光を摑みつつあった。

宮瀬の不潔そのもののような寝顔を覗き込みながら、夫人は「こんなやつに大杉をつぶされてたまるものか」と思ったそうだ。

それから夫人は大杉に連絡を入れ、「銀河鉄道」のドラマの筋書きを実行に移した。

大杉は急遽、金野に連絡を取り、クラブ・エルで会う段取りを整えた。

宮瀬を彼の車に積み込む作業も、錦秋湖畔の現場まで運ぶのも、すべて夫人一人だけで行っている。宮瀬を車から引きずり下ろし、草に覆われた斜面を滑り下ろして、汗みどろになってレールの上に横たえた。宮瀬は体重が五十キロばかりの痩軀《そうく》だったから、老人介護で鍛えた夫人にとっては、それほどの労働ではなかった。

そのあと、夫人は現場を離れ、天ケ瀬橋を渡り、国道107号で夫の迎えが来るのを待った。午後十時ごろ、対岸のトンネルを出てきた列車が、悲鳴のようなブレーキ音を立てて停まるのを、身の凍る思いで見つめていたという。

エピローグ

十月に入ってまもなく、浅見は北からの手紙を三通、受け取った。その一通は小林からのものだ。とりあえず——という形で、刑事らしいゴツゴツした文章で、事件のその後を報告してある。

意外なことに、「イギリス海岸」や「さいかち淵」や「毒もみ」といった、賢治ゆかりの場所での殺人に意味があると気づいてくれるかどうか、大杉にはじつは確信はなかったそうだ。

しかし、宮沢賢治のふるさと花巻の警察なら、まずその場所選びに意図のあることを察してくれるにちがいないと保証したのは大杉夫人の「トシ」であった。宮瀬浩一が幽霊のごとくに現れたとき、大杉は震え上がったが、その大杉を励まし、「善後策」を講じたのも、そもそもトシ夫人だったというのである。

「大丈夫、あなたのために、わたしは修羅になります」

大杉の打ち明け話を聞いてすぐに、夫人は笑って言ったという。

その言葉どおり、郡池や代田を殺害した際も、夫人は死体遺棄など、夫の作業に健《けな》気《げ》に協力している。

女は恐ろしい――と小林は書いていた。

「修羅になる、か……」

手紙を読み終えて、浅見はその部分を呟いた。宮沢賢治の名作『春と修羅』がすぐに思い浮かんだ。高踏で難解な詩集だが、夫人の言葉はその連想から出たものにちがいない。夫人はよほどの賢治ファンか、それともその逆だったのだろう。

夫人の名の「トシ」は宮沢賢治が生涯の中でたった一人、愛し、ことによると恋したのではないかとされる、悲運の妹の名と、奇《く》しくも同じだ。そのことと、大杉夫人のまさに修羅のごとき選択とに、何かの因縁があるように、浅見には思えてならなかった。

無数ともいえる賢治の作品に、なぜか女性を描いた作品が少ない。男たちや動物たちを描いた作品ばかりである。とくに、若い女性はまったく登場してこない。まして恋愛などは影もかたちもない。「性欲の乱費は、自殺だよ」という言葉に象徴されるように、賢治は女性との愛に背を向け、妹・トシへの愛を貫き通した。

トシは大正十一年、二十四歳の若さで逝った。賢治が北上川の岸辺を「イギリス海岸」と命名した年のことである。

郡池愛からの手紙には、感謝の言葉と一緒に、秋の野の花が入っていた。さいかち淵の辺りで摘んだそうだ。もう一通の笠野良介からの手紙にはコーヒーの香りと、それから、かすかなインクの匂いがした。

自作解説

この文章を書いている現在（一九九九年十月五日）、僕の著作は単行本の数にして百十七に達しています。その内六冊が短編集、十四冊がエッセイ集などで、それ以外の九十七冊が長編小説、もちろんすべてがミステリーです。僕の作品の傾向についてよく人に話したりするのは「事件と旅と人間」を描くということです。ミステリーですから「事件」はつきものであり、「人間」つまり登場する人物像を丁寧《ていねい》に描くことは小説として当然の作業ですが、「旅」の部分が僕の作品の特徴を形成する重要な要素になっています。

「旅」には時間的な意味と物理的な意味があります。時間的な「旅」とはいうまでもなく過去から現在までの時の流れで、広くいえば歴史でもあります。過去の事件や出来事が新たな事件の遠因となっている物語は『津和野殺人事件』『恐山殺人事件』『平城山を越えた女』『喪われた道』『皇女の霊柩』等々、多くの作品にその傾向を見ることができます。ときには『夏泊殺人岬』のように過去に実際に起きた大事件を取り込んだ作品もあります。『戸隠伝説殺人事件』『天河伝説殺人事件』『隠岐伝説殺人事件』等の「伝説シリーズ」や『明日香の皇子』では遠い歴史上の人物や出来事を現代に投影させ、効果的に演出しています。

物理的な「旅」は単純に地理上の旅を意味しています。いわゆる「ご当地物」と呼ばれる、「地名」プラス「殺人事件」に象徴されるような作品を含めて、日本の現存する土地や町や村や、そこに営《いとな》まれる人々の暮らしを描写しながら事件を展開させるのが、僕のもっとも得意とするパターンです。

歴史にしろ旅にしろ、僕にかぎったことでなく、これはおそらく大方の人と共通した趣味だと思います。その二つの興味深い要素を背景にして事件が起こり、人間が動き回るのですから、それだけでも面白くないはずがありません。大勢の作家がこの点に着目して似たような作品を書き、過当競争的な状況にでもなったら困りますし、実際、トラベルミステリーと呼ばれるジャンルの作品は少なくありません。しかしなかなかそうはならないのは、作者それぞれの作品における「切り口」が異なるからなのでしょうか。

歴史や歴史上の人物を「借景」として取り入れる場合、大抵は通説のまま描写するのがふつうですが、ときとして美化したり、逆に貶《おとし》めて書いたりすることがあります。もっとも、世の中の移り変わりや価値観の変遷によって通説が逆転する例は少なくなく、『戸隠伝説殺人事件』における鬼女「紅葉」などは、昔の通説では悪逆非道のシンボルのごとくに描かれていたものですが、いまでは中央政権に抵抗した地方の豪族というとらえ方で紹介されることのほうが多いようです。これとは別に、実在の人物の評価についても、通説や定説のまま受け取らずに、自己流の解釈を加えることがよくあります。たとえば『北国街道殺人事件』では「良寛さん」をかなりひどく書きました。もちろん作者である僕の意見としてではなく、登場人物の感想という形で書いて、ちゃんと逃げ場を用意しています。われながら姑息なことです。

さて、『イーハトーブの幽霊』には宮沢賢治がその「借景」として登場しています。

僕が宮沢賢治のことを知ったのは、まだ十歳にならない頃でした。当時「風の又三郎」が映画化されていたのを兄が観てきて、主題歌をさかんに歌っていました。「どうどどどどう　どうどどどどう　どうどどどどう　どうどどど　甘いリンゴも吹き飛ばせ　すっぱいリンゴも吹き飛ばせ」という歌でした。記憶は定かではありませんが、いまからおよそ五十五年も昔のことで、その頃が「第一次宮沢賢治ブーム」とでもいえる時期だったのかもしれません。例の「雨ニモ負ケズ」の詩を覚えたのも同じ頃のことです。

この「雨ニモ負ケズ」については面白いエピソードがあります。戦時中は、この詩がいわば勤勉倹約の標語のように扱われ、文部省のお墨付きで教えこまれたのですが、その詩の中に一箇所、政府にとって都合の悪い部分があった。それは「一日ニ玄米四合ト味噌ト少シノ野菜ヲ食ベ」というくだりです。その当時、米の配給は一人一日二合八勺と決められていました。飢餓状態の国民の胃袋を刺激するような「四合ノ米」では具合が悪い。そこで教科書には「一日ニ三合ノ米ト」と改訂されていたものです。

賢治が一気にブームとなり、ほとんど神格化されたのは、マンガ「銀河鉄道999」が描かれたとき以降といっていいでしょう。これはもちろん賢治の「銀河鉄道の夜」を戯画化したものですが、テレビのアニメにもなり、とくに子供たちを中心とする若年層に急速に浸透しました。「宮沢賢治論」がぞくぞくと書かれ出版されもしました。一九九六年の賢治生誕一〇〇年に、そのブームはピークを迎えたと考えられます。

神格化と言いましたが、まったく宮沢賢治は多くのファンにとっては神のごとき存在のようです。もちろん僕も例外でなく、賢治はすごい人だと思っています。『イーハトーブの幽霊』の中でも賢治のことを「半世紀早すぎた文学者」と浅見に言わせています。ただし、「すごい天才」と尊敬はしているけれど、かならずしも全面的に好きというわけではないのは、やはり浅見が述懐しているとおりです。

〔宮沢賢治の作品が好きかと訊かれて、素直に「うん」と答えられるかどうか分からない。それは賢治の作品にほぼ共通する、やりきれないほどの暗い雰囲気に起因している。」

これは『イーハトーブの幽霊』の第一章で開陳した浅見の「宮沢賢治論」の一部で、そのあとにその理由が書いてある。「論」というほど堂々たるものではなく、きわめて短く単純素朴なものですが、たぶんああいう見方をした論者は過去にいなかったのではないでしょうか。たとえば『注文の多い料理店』は、ハンターが山猫に騙《だま》されて食われてしまう話ですが、ハンターを一方的に悪者の愚者のように描いています。それはいいとしても、そのハンターの罰し方が陰湿で執念深くて、なんとも薄気味が悪い。ハンターにだって心はあるだろうに――と思ったものです。自分だって、いつハンターと同じ立場に立つか分からないではありませんか。たとえ犯罪者であっても、彼には彼なりの悲しみや苦しみがあることを思ってしまうのです。

かつてのプロレタリア文学のように、何でもかんでも資本家やブルジョアが悪いように扱って書いたものは、僕は一切、信用できませんでした。僕だって労働者階級ですが、そんなふうに一方的、一面的に物事を見る気には到底、なれなかった。実際、ひところの国鉄労組員や電信電話公社労組員には腹の立つことが多かった。同じ庶民である客に対しての、思いやりに欠けたひどい嫌がらせや意地悪には、ずいぶん不愉快な思いをさせられたものです。

賢治の作品には賢者と愚者、善人と悪人といった対照が少なくありません。賢治自身、自分が賢者であり、善人か少なくとも善人たらんとしている——という自意識があったと僕は思っています。賢治の作品が優れていることには異存はないけれど、その彼の自意識が投影されている点が、どうしても好きになれないのです。『注文の多い料理店』などはまさにその典型です。『雨ニモ負ケズ』に代表されるような行いすました「正論」についても、例《たとえ》はおかしいかもしれませんが、キツネ狩りをしながら捕鯨反対を叫ぶようないかがわしさを感じてしまうのです。

こういうのは僕の偏見というか、僻《ひが》み根性の証明でしかなく、熱烈な宮沢賢治ファンには叱られるかもしれません。何度も言うように、僕だって賢治の天才には脱帽しているのです。しかし、どうしても肌が合わない部分があることだけは許してください。賢治は所詮、僕のような凡夫の理解を超えた存在なのだと思っています。

とにかく『イーハトーブの幽霊』には、そういった僕なりの宮沢賢治に対する考え方が背景にありました。それが「イジメ」という現代の問題に敷衍《ふえん》して提示されています。こう書いてお分かりいただけるように、この作品は謎解きやトリックの面白さだけを追求する、ガチガチのいわゆる「本格派」のミステリーではありません。事件の背景にある、さまざまな要素や人間模様を描くことが創作のモチベーション（動機づけ）になっている作品です。

もちろん僕らしく「旅」の要素もたっぷり盛り込みました。そればかりか、「イギリス海岸」「さいかち淵」「銀河鉄道」といった、賢治の作品に登場する場所が殺人事件現場になっている、いわゆる「見立て殺人」であることで分かるように、遊び心の横溢した作品でもあります。

ところが、世の中には僕以上に偏《かたよ》った考え方を「正論」だと思っている人がいるものです。こういった肝心なモチベーションを理解しようとしない、まるで見当違いな論評が大新聞に掲載されました。その顚末については光文社文庫の『浅見光彦のミステリー紀行・第7集』に詳しく書いていますが、こんなことがあるのだから、僕ごときが大天才の賢治を理解しきれないのは当然だな——と思った次第です。

一九九九年十月

内田康夫

参考文献

「間違いだらけのいじめ論議」小浜逸郎　諏訪哲二（宝島社）
「宮沢賢治必携」佐藤泰正・編（学燈社）

この作品は一九九五年七月、中央公論社より刊行され、一九九七年六月C★NOVELS、一九九九年十一月中公文庫、二〇〇四年七月光文社文庫、二〇一八年十二月中公文庫に収録されました。

この作品はフィクションであり、文中に登場する人物、団体名等は、実在するものとまったく関係ありません。宮沢賢治作品の引用については一部表記・体裁を変えてあります。
なお、風景や建物など、現地の状況と多少異なっている点があることをご了解下さい。

（著者）

|著者|内田康夫　1934年東京都生まれ。ＣＭ製作会社の経営をへて、『死者の木霊《こだま》』でデビュー。名探偵・浅見光彦、信濃のコロンボ・竹村岩男ら大人気キャラクターを生み、ベストセラー作家に。作詞・水彩画・書など多才ぶりを発揮。2008年第11回日本ミステリー文学大賞受賞。2016年４月、軽井沢に「浅見光彦記念館」がオープン。病気療養のため、未完のまま刊行された『孤道』は、完結編を一般公募して話題となる。最優秀作は、'19年、『孤道　完結編　金色の眠り』と題し、『孤道』と合わせ文庫化された。
ホームページ　http://www.asami-mitsuhiko.or.jp

イーハトーブの幽霊《ゆうれい》

内田康夫《うちだやすお》

講談社文庫
定価はカバーに
表示してあります

2021年11月16日第１刷発行

発行者——鈴木章一
発行所——株式会社　講談社
東京都文京区音羽2-12-21　〒112-8001
電話　出版（03）5395-3510
　　　販売（03）5395-5817
　　　業務（03）5395-3615

KODANSHA

デザイン—菊地信義
本文データ制作—講談社デジタル製作
印刷———豊国印刷株式会社
製本———株式会社国宝社

Printed in Japan

ISBN978-4-06-526047-0

講談社文庫刊行の辞

二十一世紀の到来を目睫に望みながら、われわれはいま、人類史上かつて例を見ない巨大な転換期をむかえようとしている。

世界も、日本も、激動の予兆に対する期待とおののきを内に蔵して、未知の時代に歩み入ろうとしている。このときにあたり、創業の人野間清治の「ナショナル・エデュケイター」への志を現代に甦らせようと意図して、われわれはここに古今の文芸作品はいうまでもなく、ひろく人文・社会・自然の諸科学から東西の名著を網羅する、新しい綜合文庫の発刊を決意した。

激動の転換期はまた断絶の時代である。われわれは戦後二十五年間の出版文化のありかたへの深い反省をこめて、この断絶の時代にあえて人間的な持続を求めようとする。いたずらに浮薄な商業主義のあだ花を追い求めることなく、長期にわたって良書に生命をあたえようとつとめるところにしか、今後の出版文化の真の繁栄はあり得ないと信じるからである。

同時にわれわれはこの綜合文庫の刊行を通じて、人文・社会・自然の諸科学が、結局人間の学にほかならないことを立証しようと願っている。かつて知識とは、「汝自身を知る」ことにつきていた。現代社会の瑣末な情報の氾濫のなかから、力強い知識の源泉を掘り起し、技術文明のただなかに、生きた人間の姿を復活させること。それこそわれわれの切なる希求である。

われわれは権威に盲従せず、俗流に媚びることなく、渾然一体となって日本の「草の根」をかたちづくる若く新しい世代の人々に、心をこめてこの新しい綜合文庫をおくり届けたい。それは知識の泉であるとともに感受性のふるさとであり、もっとも有機的に組織され、社会に開かれた万人のための大学をめざしている。大方の支援と協力を衷心より切望してやまない。

一九七一年七月

野間省一

講談社文芸文庫

吉本隆明
追悼私記 完全版
解説＝高橋源一郎
肉親、恩師、旧友、論敵、時代を彩った著名人――多様な死者に手向けられた言葉の数々は掌篇の人間論である。死との際会がもたらした痛切な実感が滲む五十一篇。
よB9
978-4-06-515363-5

吉本隆明
憂国の文学者たちに 60年安保・全共闘論集
解説＝鹿島 茂 年譜＝高橋忠義
戦後日本が経済成長を続けた時期に大きなうねりとなった反体制闘争を背景とする政治論集。個人に従属を強いるすべての権力にたいする批判は今こそ輝きを増す。
よB10
978-4-06-526045-6

講談社文庫　目録

内田康夫　パソコン探偵の名推理
内田康夫　「横山大観」殺人事件
内田康夫　江田島殺人事件
内田康夫　琵琶湖周航殺人歌
内田康夫　夏泊殺人岬
内田康夫　「信濃の国」殺人事件
内田康夫　風葬の城
内田康夫　透明な遺書
内田康夫　鞆《とも》の浦《うら》殺人事件
内田康夫　終幕《フィナーレ》のない殺人
内田康夫　御堂筋殺人事件
内田康夫　記憶の中の殺人
内田康夫　北国街道殺人事件
内田康夫　「紅藍《くれない》の女《ひと》」殺人事件
内田康夫　「紫《むらさき》の女《ひと》」殺人事件
内田康夫　藍色回廊殺人事件
内田康夫　明日香の皇子
内田康夫　華の下にて
内田康夫　博多殺人事件
内田康夫　黄金の石橋
内田康夫　金沢殺人事件
内田康夫　朝日殺人事件
内田康夫　湯布院殺人事件
内田康夫　釧路湿原殺人事件
内田康夫　貴賓室の怪人〈「飛鳥」編〉
内田康夫　イタリア幻想曲　貴賓室の怪人2
内田康夫　靖国への帰還
内田康夫　若狭殺人事件
内田康夫　化生の海
内田康夫　不等辺三角形
内田康夫　ぼくが探偵だった夏
内田康夫　怪談の道
内田康夫　逃げろ光彦〈内田康夫と5人の女たち〉
内田康夫　皇女の霊柩
内田康夫　悪魔の種子
内田康夫　戸隠伝説殺人事件
内田康夫　歌わない笛
内田康夫　新装版　死者の木霊
内田康夫　新装版　漂泊の楽人
内田康夫　新装版　平城《なら》山《やま》を越えた女
内田康夫　秋田殺人事件
内田康夫　孤道
和久井清水　孤道　完結編〈金色の眠り〉
歌野晶午　死体を買う男
歌野晶午　安達ヶ原の鬼密室
歌野晶午　新装版　長い家の殺人
歌野晶午　新装版　白い家の殺人
歌野晶午　新装版　動く家の殺人
歌野晶午　密室殺人ゲーム王手飛車取り
歌野晶午　新装版　ROMMY　越境者の夢
歌野晶午　増補版　放浪探偵と七つの殺人
歌野晶午　新装版　正月十一日、鏡殺し
歌野晶午　密室殺人ゲーム2.0
歌野晶午　密室殺人ゲーム・マニアックス
歌野晶午　魔王城殺人事件
内館牧子　終わった人
内館牧子　別れてよかった〈新装版〉

2021年9月15日現在